華麗なる探偵アリス&ペンギン

トラブル・ハロウィン

南房秀久／著
あるや／イラスト

★小学館ジュニア文庫★

華麗《かれい》なる探偵《たんてい》アリス＆ペンギン

The excellent detectives Alice and Penguin

トラブル・ハロウィン

CONTENTS

もくじ

CHARACTERS

とうじょう人《じん》物《ぶつ》

夕星《ゆうずつ》アリス

中学《ちゅうがく》2年生《ねんせい》の女《おんな》の子《こ》。
お父《とう》さんの都合《つごう》で
ペンギンと同居《どうきょ》することに。
指輪《ゆびわ》の力《ちから》で鏡《かがみ》の国《くに》に入《はい》ると、
探偵助手《たんていじょしゅ》「アリス・リドル」に!

P《ピー》・P《ピー》・ジュニア

空中庭園《くうちゅうていえん》にある【ペンギン探偵社《たんていしゃ》】の探偵《たんてい》。
言葉《ことば》も話《はな》せるし、料理《りょうり》も得意《とくい》だぞ。

響《ひびき》 琉生《るい》

アリスのクラスメイトであり、
TV《テレビ》にも出演《しゅつえん》する
少年名探偵《しょうねんめいたんてい》シュヴァリエ。
アリス・リドルの
正体《しょうたい》に気《き》づいていない。

怪盗《かいとう》 赤《あか》ずきん

変装《へんそう》が得意《とくい》な怪盗《かいとう》。
可愛《かわい》い洋服《ようふく》が大好《だいす》き。
ジュニアには
いつも負《ま》けている。
相棒《あいぼう》はオオカミ!

赤妃《あかひ》リリカ

アリスのクラスメイト。
超絶《ちょうぜつ》セレブで
ハ〜リウッド・スターなので、
学校《がっこう》を休《やす》みがち。
響琉生《ひびきるい》のことが大好《だいす》き。

白兎計太《しらとけいた》

アリスの隣《となり》の席《せき》。
数字《すうじ》と時計《とけい》が大好《だいす》き。
アリス・リドルの大《だい》ファンで、
ファンサイトを作《つく》っている。

ハンプティ・ダンプティ

鏡《かがみ》の世界《せかい》の仕立屋《したてや》。
アリスのための衣装《いしょう》を作《つく》ることを、仕事《しごと》にしている。

ファイル・ナンバー0

アリス、最大《さいだい》のピンチ！

公園《こうえん》の木々《きぎ》が赤《あか》や黄色《きいろ》に色《いろ》づき始《はじ》めた、秋《あき》の初《はじ》めのこと。

「ふふふふふ……」

白瀬駅前《しらせえきまえ》の噴水《ふんすい》を背《せ》に、ドイツの民族衣装《みんぞくいしょう》を着《き》た女《おんな》の子《こ》が腕組《うでぐ》みをして笑《わら》っていた。

その隣《となり》では同《おな》じく民族衣装《みんぞくいしょう》の男《おとこ》の子《こ》が、うんざりとでも言《い》いたげに退屈《たいくつ》そうな顔《かお》で立《た》っている。

「何《なに》も知《し》らない人々《ひとびと》が、平和《へいわ》な顔《かお》で歩《ある》いているわね」

女《おんな》の子《こ》はフンと鼻《はな》を鳴《な》らした。

「いや、そりゃ駅前《えきまえ》だから人《ひと》ぐらい歩《ある》いてるよ」

と、男《おとこ》の子《こ》。

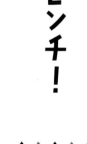

「だけどっ！　それも昨日《きのう》までのこと！」

街《まち》のシンボルである総合《そうごう》ビル『サンセット24』の仕掛《しか》け時計《どけい》の人形《にんぎょう》たちが鐘《かね》を鳴《な》らして時間《じかん》を告《つ》げると、女《おんな》の子《こ》はその時計《とけい》を指《ゆび》さして、誇《ほこ》らしげに宣言《せんげん》する。

「白瀬市《しらせし》は今日《きょう》、まさにこの時間《じかん》から、このヘンゼルとグレーテルによって恐怖《きょうふ》におびえるのよ！」

まわりの人《ひと》は、かわいそうな子《こ》、というような目《め》で女《おんな》の子《こ》を見《み》つめていた。

＊　＊　＊

（ゆ〜うつこの上《うえ》ないです）

夕星《ゆうずつ》アリスは教室《きょうしつ》の窓《まど》から秋空《あきぞら》を見《み》つめながら、自分《じぶん》の名前《なまえ》をゆ〜うつアリスに変《か》えようかと、本気《ほんき》で考《かんが》え始《はじ》めていた。

アリスは、クラスでは目立《めだ》つことのない地味《じみ》な女《おんな》の子《こ》。氷山中学《ひょうざんちゅうがく》に転校《てんこう》してきて、初《はじ》めての2学期《がっき》を過《す》ごしている。

アリスはいくつかの点《てん》で、他《ほか》の子《こ》とはちょっと違《ちが》っていた。

第《だい》1に――。
駅前《えきまえ》にある探偵社《たんていしゃ》に住《す》んで、放課後《ほうかご》は探偵《たんてい》の助手《じょしゅ》をしているということ。
第《だい》2に――。
その探偵事務所《たんていじむしょ》の探偵《たんてい》が、P《ピー》・P《ピー》・ジュニアと名乗《なの》るアデリーペンギンであること。
第《だい》3に――。
不思議《ふしぎ》なハート形《がた》の指輪《ゆびわ》を使《つか》い、鏡《かがみ》の向《む》こう側《がわ》の国《くに》に行《い》くことができること。

でもアリスの今回《こんかい》の悩《なや》みは、探偵《たんてい》の仕事《しごと》とも、鏡《かがみ》の国《くに》ともまったく関係《かんけい》がない。
半月後《はんつきご》に運動会《うんどうかい》があると、今朝《けさ》、担任《たんにん》から告《つ》げられたのだ。
そして、今《いま》、アリスのクラス2年C組《ねんシーぐみ》はホームルームの時間《じかん》。
誰《だれ》がどの種目《しゅもく》に出《で》るのか、話《はな》し合《あ》いの真《ま》っ最中《さいちゅう》なのである。
(ちなみに)
アリスはスマートフォンの辞書機能《じしょきのう》で漢字《かんじ》を引《ひ》いてみた。

（……わお）

ゆううつ＝憂鬱《ゆううつ》
漢字《かんじ》テストで出《で》たら、確実《かくじつ》に思《おも》い出《だ》すのを即行《そっこう》であきらめるレベルの字《じ》がふたつ、並《なら》んでいる。

（憂鬱《ゆううつ》という字《じ》を一生書《いっしょうか》かないですむような、ポジティブな人生《じんせい》を送《おく》ろう）

アリスは心《こころ》に決《き》めた。

（……でも無理《むり》そうなので、落《お》ち込《こ》む）

決意《けつい》は2秒《びょう》、もたなかった。

「こんなの嫌《いや》ですよ！　僕《ぼく》は断固《だんこ》、抗議《こうぎ》します！」

ガタンと椅子《いす》の音《おと》がして、隣《となり》の席《せき》の生徒《せいと》――白兎計太《しらとけいた》――が立《た》ち上《あ》がった。

「僕《ぼく》は生徒会《せいとかい》の書記《しょき》をしてるから、記録係《きろくがかり》の仕事《しごと》もしなくちゃいけないんですよ！　だいたい綱引《つなひ》きなんて、力《ちから》のない僕《ぼく》に一番向《いちばんむ》いてない種目《しゅもく》じゃないですか!?」

計太《けいた》は涙目《なみだめ》で訴《うった》え、アリスの方《ほう》に顔《かお》を向《む》ける。

「夕星《ゆうずつ》さんだって他人事《ひとごと》じゃないでしょ!?　4つも出《で》ることになってるんですよ！　一緒《いっしょ》に抗《こう》

議《ぎ》しましょう！」

「ほえ？」

ボンヤリしていたので気《き》づかなかったが、いつの間《ま》にか出《で》る種目《しゅもく》を決《き》められていたようだ。

(私《わたし》が出《で》るのは……うわお)

アリスは黒板《こくばん》に目《め》をやって絶句《ぜっく》した。

人数《にんずう》の足《た》りない競技《きょうぎ》が、すべて回《まわ》ってきたのだろう。大玉転《おおだまころ》がしと、借《か》り物競走《ものきょうそう》と、二人三《ににんさん》脚《きゃく》と、ダンスにも参加《さんか》することになっている。

だが、上《うえ》には上《うえ》がいて――。

転校当初《てんこうとうしょ》からアリスに優《やさ》しくしてくれる響琉生《ひびきるい》は、100メートル走《そう》と400メートル走《そう》と騎馬戦《きばせん》、それに二人三脚《ににんさんきゃく》とダンスの5種目《しゅもく》で名前《なまえ》が上《あ》がっている。

それともうひとり。

碇山《いかりやま》さんという女《おんな》の子《こ》は、全部《ぜんぶ》で8つの競技《きょうぎ》に参加《さんか》する気《き》らしい。

(碇山《いかりやま》さんって……確《たし》か)

アリスは教室《きょうしつ》を見渡《みわた》した。

真《ま》ん中《なか》の列《れつ》、一番前《いちばんまえ》の席《せき》に座《すわ》っているすらりとした女《おんな》の子《こ》。ショートカットで日《ひ》に焼《や》けたあの子《こ》が、女子《じょし》サッカー部《ぶ》に所属《しょぞく》する碇山《いかりやま》憩《いこい》だ。

しゃべったことはほとんどないが、いつも堂々《どうどう》と居眠《いねむ》りをしては先生《せんせい》に怒《おこ》られているので、名前《なまえ》は知《し》っている。

「ねえねえ！　騎馬戦《きばせん》も出《で》たいんだけど、ダメ？」

その憩《いこい》は今《いま》、半分《はんぶん》立《た》ち上《あ》がり、手《て》をあげて学級委員長《がっきゅういいんちょう》に質問《しつもん》しているところだ。

「あのね、他《ほか》の人《ひと》だって出《で》なくちゃいけないんだから、もうそれくらいにしておいて。ていうかだいたい、騎馬戦《きばせん》は男子《だんし》の種目《しゅもく》でしょ」

学級委員長《がっきゅういいんちょう》は、あきれ顔《がお》で首《くび》を横《よこ》に振《ふ》る。

「え〜っ！」

憩《いこい》はガックリと肩《かた》を落《お》とした。体育以外《たいいくいがい》の授業《じゅぎょう》ではアリスと同《おな》じくらい目立《めだ》たない憩《いこい》だが、この時間《じかん》に限《かぎ》っては瞳《ひとみ》をキラキラさせて積極的《せっきょくてき》に発言《はつげん》しているようである。

（…………そういえば？）

アリスはもう一度《いちど》クラスを見渡《みわた》した。

こういうイベントになると、一番大騒《いちばんおおさわ》ぎしそうな人物《じんぶつ》の姿《すがた》がない。

「あの、赤妃《あかひ》さんは？」

アリスは、前《まえ》の席《せき》に座《すわ》る琉生《るい》に、こっそりと声《こえ》をかける。

「まだアメリカで映画《えいが》の撮影中《さつえいちゅう》じゃないかな？　スケジュールの都合《つごう》で、出《で》られてもダンスと、あとひとつぐらいだって聞《き》いたけど」

琉生《るい》は答《こた》える。

「運動会《うんどうかい》までに……戻《もど》れるかな？」

アリスはつぶやいた。

目立《めだ》つことが大好《だいす》きで、服装《ふくそう》も派手《はで》、何《なに》から何《なに》までアリスと正反対《せいはんたい》の赤妃《あかひ》リリカは、大企業《だいきぎょう》「赤妃《あかひ》グループ」のひとり娘《むすめ》で、ハリウッド・スターでもある。

だから何《なに》かと忙《いそが》しいらしく、学校《がっこう》に来《く》るのは月《つき》の半分《はんぶん》ぐらいなのだ。

もっとも、忙《いそが》しさでは響琉生《ひびきるい》も同《おな》じ。なぜなら、琉生《るい》もTV《テレビ》バラエティー『ミステリー・プリンス』で人気《にんき》の、少年探偵《しょうねんたんてい》シュヴァリエという別《べつ》の顔《かお》を持《も》っているからだ。

「あのさ」

琉生《るい》は軽《かる》く咳払《せきばら》いしてからアリスに尋《たず》ねた。

「僕《ぼく》も二人三脚《ににんさんきゃく》に出《で》るんだけど。……夕星《ゆうずつ》さん、得意《とくい》？」

「運動系《うんどうけい》は壊滅状態《かいめつじょうたい》です」

アリスは答《こた》える。

「そっか……じゃあ、一緒《いっしょ》に練習《れんしゅう》しない？」

琉生《るい》はアリスの瞳《ひとみ》を見《み》つめた。

「……そ、それは……何《なん》と申《もう》しましょうか……おそれ多《おお》いというか……」

うれしいけれど、そこまで琉生《るい》に甘《あま》えていいのかとアリスは迷《まよ》い、顔《かお》を伏《ふ》せる。

と、そこに。

「練習《れんしゅう》!? ボクも一緒《いっしょ》にやる！ よ～し！ みんなで特訓《とっくん》だ！」

碇山憩《いかりやまいこい》が教室《きょうしつ》の一番前《いちばんまえ》から一番後《いちばんうし》ろまで一気《いっき》に走《はし》ってきて、アリスと琉生《るい》の肩《かた》を叩《たた》いた。

「夕星《ゆうずつ》さんだったよね!? 勝利《しょうり》を目指《めざ》して、ガンバロー！」

憩《いこい》は満面《まんめん》の笑《え》みでこぶしを突《つ》き上《あ》げる。

（と、とんでもないことに……）

「実《じつ》は今日《きょう》は……家《いえ》の方《ほう》で大事《だいじ》な仕事《しごと》が……」

アリスは何《なん》とか逃《のが》れようとがんばったが。

「じゃあ、このあと体操着《たいそうぎ》に着替《きが》えて集合《しゅうごう》！」

憩《いこい》はまったく聞《き》いていなかった。

「どう……しよう？」

「うん。せっかくやる気《き》になってるようだし、つき合《あ》わないと悪《わる》いかな？」

アリスと琉生《るい》は顔《かお》を見合《みあ》わせる。

そして——。


クラスのみんなはさっさと逃《に》げ出《だ》し、憩《いこい》に捕《つか》まったアリスと琉生《るい》だけが自主練《じしゅれん》に参加《さんか》させられた。校庭《こうてい》のトラックは運動部《うんどうぶ》が使《つか》っているので、練習《れんしゅう》は人気《ひとけ》のない体育館《たいいくかん》の裏《うら》のあたりでやることになった。

「他《ほか》に参加者《さんかしゃ》はなし、か。これはちょっと予想外《よそうがい》だったね」

アリスと肩《かた》を組《く》んで走《はし》りながら、琉生《るい》が目配《めくば》せする。走《はし》りながら、と言《い》ってもアリスが遅《おそ》いので、それに歩幅《ほはば》を合《あ》わせる琉生《るい》もほとんど早歩《はやある》きという感《かん》じだ。

「こら〜！　真剣《しんけん》に走《はし》れ〜っ！　心臓《しんぞう》が止《と》まるまで走《はし》れ〜っ！　止《と》まっても走《はし》れ〜っ」

コーチ役《やく》の憩《いこい》が、隣《となり》を走《はし》りながら声《こえ》を張《は》り上《あ》げた。

計太《けいた》から聞《き》いた話《はなし》によると、憩《いこい》はサッカーだけでなく、陸上《りくじょう》や水泳《すいえい》も県《けん》ではトップクラス。特《とく》に陸上《りくじょう》では長距離《ちょうきょり》、短距離《たんきょり》の両方《りょうほう》で1年生《ねんせい》の時《とき》から県代表《けんだいひょう》になっているそうだ。

こうして練習《れんしゅう》につき合《あ》ってくれるのだから、意地悪《いじわる》な人《ひと》ではなさそうなのだが、やる気《き》がありすぎてアリスにはちょっとついていけないところがある。

「二人三脚《ににんさんきゃく》って、何《なに》かコツってあるのかな？」

琉生《るい》が憩《いこい》に質問《しつもん》する。

「ひたすら走《はし》るのみ！」

憩《いこい》の答《こた》えは単純明快《たんじゅんめいかい》だ。

「そう言《い》うんじゃないかって、半分《はんぶん》ぐらい思《おも》ってたよ」

ため息《いき》をつく琉生《るい》はアリスの顔《かお》を見《み》る。

「つらくない？」

「……意外《いがい》と」

と、頷《うな》ずいた瞬間《しゅんかん》。

「とと！」

アリスはタイミングをくるわせて転《ころ》びそうになった。

その体《からだ》を、さっと腕《うで》を伸《の》ばした琉生《るい》が支《ささ》える。

「大丈夫《だいじょうぶ》？」

「……面目《めんぼく》ございません」

アリスは真《ま》っ赤《か》になり、恥《は》ずかしさをごまかすように憩《いこい》に尋《たず》ねた。

「あの……いつまで走《はし》ればいいの、碇山《いかりやま》さん？」

「勝利《しょうり》まで！」

憩《いこい》は朗《ほが》らかな顔《かお》で夕日《ゆうひ》を指《ゆび》さした。

結局《けっきょく》。

憩《いこい》が解散《かいさん》を宣言《せんげん》する頃《ころ》には、空《そら》はとっくに暗《くら》くなっていた。

＊　＊　＊

ペンギン探偵社《たんていしゃ》に戻《もど》ると、アリスはソファーに倒《たお》れ込《こ》んだ。

「太《ふと》ももの裏《うら》が……限界《げんかい》」

クッションに顔《かお》を埋《うず》めてアリスはうめく。

「今日《きょう》は遅《おそ》かったですね〜」

ペンギン探偵《たんてい》P《ピー》・P《ピー》・ジュニアが、動《うご》けないアリスのためにアボカドと生《なま》ハムのサンドウィッチと紅茶《こうちゃ》を用意《ようい》してくれる。

「あうう……」

起《お》き上《あ》がるのも大変《たいへん》な今《いま》のアリスには、手《て》で食《た》べられるサンドウィッチはありがたい。

「で、何《なに》があったんです？」

「あのね……」

アリスはちょっとずつサンドウィッチをかじりながら、自主練《じしゅれん》のことを説明《せつめい》した。

「運動会《うんどうかい》ですか」

事情《じじょう》を聞《き》いたP《ピー》・P《ピー》・ジュニアは、ヒレをクチバシの下《した》に置《お》いて考《かんが》え込《こ》む。

「保護者《ほごしゃ》として、私《わたし》は見《み》に行《い》ってもいいんでしょうか？」

P《ピー》・P《ピー》・ジュニアはアリスのパパの親友《しんゆう》で、冒険家《ぼうけんか》のパパが秘境《ひきょう》に探検《たんけん》に行《い》っている間《あいだ》、この探偵事務所《たんていじむしょ》でアリスを預《あず》かっているのだ。

「できれば……遠慮《えんりょ》してもらいたいなあと」

アリスは首《くび》を横《よこ》に振《ふ》る。

大玉転《おおだまころ》がしに、借《か》り物競走《ものきょうそう》に、二人三脚《ににんさんきゃく》にダンス。

ダンスはともかく、他《ほか》の3種目《しゅもく》ではクラスの足《あし》を引《ひ》っ張《ぱ》るのは確実《かくじつ》。

下手《へた》をすると、ダンスでもクラスの足手《あしで》まといだ。

そんなところをP《ピー》・P《ピー》・ジュニアには見《み》られたくない。正直《しょうじき》なところ、誰《だれ》にも見《み》られたくないので、運動会《うんどうかい》は観客《かんきゃく》の立《た》ち入《い》りを禁止《きんし》してほしいくらいなのだ。

「アリスが嫌《いや》なら無理《むり》にとは言《い》いませんが……まあ、とにかく《エニィウェイ》、今日《きょう》は探偵《たんてい》の仕事《しごと》はいいですから、休《やす》んでください」

P《ピー》・P《ピー》・ジュニアはちょっと残念《ざんねん》そうだったが、優《やさ》しくアリスの肩《かた》にヒレを置《お》いた。

アリスがシャワーを浴《あ》び、自分《じぶん》の部屋《へや》のベッドに倒《たお》れ込《こ》んで、次《つぎ》に目《め》を開《ひら》いた時《とき》にはもう朝《あさ》になっていた。

＊　＊　＊

「みなさま！　ハ～リウッドで撮影中《さつえいちゅう》、クラスに、そしてこの日本《にほん》にさびしい思《おも》いをさせたことを深《ふか》～く反省《はんせい》いたしますわ！」

翌日《よくじつ》の３時限目《じげんめ》。

授業《じゅぎょう》の途中《とちゅう》にもかかわらず、赤妃《あかひ》リリカが堂々《どうどう》と教室《きょうしつ》に姿《すがた》を現《あらわ》した。

常《つね》にリリカに付《つ》き添《そ》って世話《せわ》をする執事《しつじ》の神崎《かんざき》と、いちいちリリカの行動《こうどう》にBGM《ビージーエム》をつけるために楽器《がっき》を持参《じさん》しているメイド隊《たい》も一緒《いっしょ》である。

「で、庶民《しょみん》アリ～ス！」

リリカは自分《じぶん》の席《せき》には着《つ》かずにアリスの目《め》の前《まえ》にやってきて、バンッと机《つくえ》を叩《たた》いた。

リリカはアリスのことを庶民《しょみん》アリス、または庶民《しょみん》と呼《よ》ぶ。もうひとりのアリス、アリス・リドルと区別《くべつ》をつけるためだ。そして、もうひとりのアリス・リドルも実《じつ》は、アリスが鏡《かがみ》の国《くに》で変身《へんしん》したアリスのもうひとつの姿《すがた》。

そのことを知《し》っているのは、こちらの世界《せかい》ではＰ《ピー》・Ｐ《ピー》・ジュニアだけなのだ。

「庶民《しょみん》！　これはいったい、どういうことですの⁉」

ズンズンズン～ッ！

メイド隊《たい》が低音《ていおん》で不吉《ふきつ》なＢＧＭ《ビージーエム》をつけた。

「どういうこと、とは？」

アリスはまったく身《み》に覚《おぼ》えがないので首《くび》をかしげる。

「わたくしの情報網《じょうほうもう》をなめないでいただきたいですわね！　報告《ほうこく》が入《はい》っているのでしてよ！」

リリカはいつも手《て》にしている扇《おうぎ》をバッと広《ひろ》げ、ＢＧＭ《ビージーエム》とともにポーズを取《と》った。

「あなた、昨日《きのう》の放課後《ほうかご》、響様《ひびきさま》とべったりだったようですわね？」

「そ、それは……………」

リリカが言《い》っているのは、たぶん、昨日《きのう》の二人三脚《ににんさんきゃく》の練習《れんしゅう》のことだ。

アリスだってとっても恥《は》ずかしかったのだが、運動会《うんどうかい》のための練習《れんしゅう》なのだし、鬼《おに》コーチの憩《いこい》が見張《みは》っていたのでべったりくっつかない訳《わけ》にはいかなかったのだ。

「黙秘権《もくひけん》を行使《こうし》なさる気《き》？」

アリスがうつむいて黙《だま》ってしまったのを見《み》て、リリカは口元《くちもと》に扇《おうぎ》を当《あ》てて続《つづ》ける。

「庶民《しょみん》と響様《ひびきさま》がふたりだけで練習《れんしゅう》だなんて！　たとえ国連《こくれん》が許《ゆる》したとしても、この赤妃《あかひ》リリカが許《ゆる》しませんことよ！」

「あのさ、ボクもいたんだけど？」

憩《いこい》がやってきて、自分《じぶん》の鼻《はな》を指《ゆび》さした。

「……誰《だれ》です？」

リリカはまるで初対面《しょたいめん》のような目《め》で憩《いこい》を見《み》た。

「ボクだって、碇山憩《いかりやまいこい》！　1年《ねん》の時《とき》から同《おな》じクラスじゃん！」

憩《いこい》はちょっと傷《きず》ついたように唇《くちびる》をとがらせる。

「とにかく！　放課後《ほうかご》の二人三脚《ににんさんきゃく》の練習《れんしゅう》には、このわたくしも参加《さんか》いたしますわよ！」

リリカはそう宣言《せんげん》してから、執事《しつじ》の方《ほう》を振《ふ》り返《かえ》った。

「神崎《かんざき》！　スケジュール調整《ちょうせい》をしなさい」

「はっ」

執事《しつじ》の神崎《かんざき》はあわてる様子《ようす》もなく一礼《いちれい》し、メイドたちに向《む》かって目配《めくば》せした。メイドのひとりが、すぐにタブレットを取《と》り出《だ》してどこかとメールのやりとりを始《はじ》める。

「…………」

アリスは思《おも》わず無言《むごん》でリリカの手《て》を握《にぎ》っていた。

「な、何《なん》ですの!?　気味《きみ》が悪《わる》い」

「足《あし》の遅《おそ》い仲間《なかま》が増《ふ》えたので」

「い、一緒《いっしょ》にしないで欲《ほ》しいですわ！」

リリカの顔《かお》が強《こわ》ばる。

「でも、赤妃《あかひ》さん、映画《えいが》だと怪獣《かいじゅう》に追《お》いつかれて踏《ふ》みつぶされてたけど？」

アリスは、リリカが出演《しゅつえん》したハリウッド大作《たいさく》『ジャイガンティック・モンスター』を思《おも》い出《だ》していた。

あの映画《えいが》では、リリカは映画《えいが》が始《はじ》まって15分《ふん》でペシャンコになる役《やく》だったのだ。

「あれは演技《えんぎ》です！　わざとゆっくり走《はし》ったのですわ！」

気《き》に入《い》った作品《さくひん》ではなかったのだろう。リリカの声《こえ》が1オクターブ高《たか》くなった。

「そうとも限《かぎ》りませんよ」

タブレット端末《たんまつ》を手《て》に、計太《けいた》が話《はなし》に割《わ》り込《こ》んできた。

「4月《がつ》の体力測定《たいりょくそくてい》の100メートル走《そう》、もともと低《ひく》いこのクラスの平均《へいきん》を、赤妃《あかひ》さんの記録《きろく》はかなり下回《したまわ》って——いたたたっ！　何《なに》するんです!?」

リリカが計太《けいた》の鼻先《はなさき》に、扇《おうぎ》を押《お》しつけていた。

「そういうことなら、あなたも練習《れんしゅう》に強制参加《きょうせいさんか》ですわよ」

「え？　……えええぇ〜っ！」

口《くち》は災《わざわ》いの元《もと》。計太《けいた》は真《ま》っ青《さお》になったが、リリカに逆《さか》らう勇気《ゆうき》もない。

「綱引《つなひ》きの自主練《じしゅれん》なんて、どうやればいいんですか〜？」

弱音《よわね》を吐《は》く計太《けいた》。

「あははっ！　みんなで練習《れんしゅう》、楽《たの》しいね！」

そんな計太《けいた》の肩《かた》を力《ちから》いっぱい叩《たた》いて、憩《いこい》が笑《わら》った。

練習《れんしゅう》の場所《ばしょ》は、前日《ぜんじつ》の体育館裏《たいいくかんうら》から、赤妃記念総合体育館《あかひきねんそうごうたいいくかん》へと変《か》わっていた。

もちろん、リリカが体育館《たいいくかん》を貸《か》し切《き》りにしたのだ。

「あの……これはどういう？」

練習開始前《れんしゅうかいしまえ》に、アリスは琉生《るい》の肩越《かたご》しにリリカに尋《たず》ねていた。

「見《み》ればわかるでしょう、庶民《しょみん》！　あなたひとりに響様《ひびきさま》は独占《どくせん》させないということですわ！

……まあ、本番《ほんばん》はあなたに譲《ゆず》るとしても、練習《れんしゅう》は一緒《いっしょ》にやらせていただきます！」

リリカの右脚《みぎあし》は琉生《るい》の左脚《ひだりあし》と結《むす》ばれていた。

「だったら、赤妃《あかひ》さんと響君《ひびきくん》がふたりで……」

「そうは参《まい》りませんわよ！　あなたをのけ者《もの》にしたら、このわたくしが悪役《あくやく》みたいに見《み》えるではないですか！」

リリカは鼻《はな》を鳴《な》らした。

アリスの左脚《ひだりあし》は、琉生《るい》の右脚《みぎあし》と結《むす》ばれている。つまり、三人四脚《さんにんよんきゃく》になっているのだ。

「この練習《れんしゅう》、意味《いみ》があるのかな？」

さすがに琉生《るい》も苦笑《くしょう》を浮《う》かべている。

「いいね！　根性《こんじょう》あるね！」

この様子《ようす》を見《み》て喜《よろこ》んでいるのが、コーチ役《やく》の憩《いこい》だ。

「それじゃ、よ〜い……スタート！」

憩《いこい》の合図《あいず》で、３人《にん》は足《あし》を踏《ふ》み出《だ》した。

だけど。

２歩目《ほめ》で、アリスとリリカは同時《どうじ》にコケた。

さすがの琉生《るい》もふたり同時《どうじ》には支《ささ》えられず、アリスたちは体育館《たいいくかん》の床《ゆか》に勢《いきお》いよく鼻《はな》をぶつける。

「庶民《しょみん》！　あなたのせいですわよ！」

涙目《なみだめ》で鼻《はな》をさすり、リリカがアリスをにらむ。

「そう言《い》われても……先《さき》に転《ころ》んだのは赤妃《あかひ》さんのような……？」

琉生《るい》はふたりを助《たす》け起《お》こしたが、１歩《ぽ》進《すす》むごとにアリスとリリカのどちらか、またはふたり一緒《いっしょ》に転《ころ》ぶのでぜんぜん前《まえ》には進《すす》まない。

（これは……きついです）

10メートルも進《すす》まないうちに、アリスの息《いき》が切《き》れてくる。

（そう言《い》えば――）

強制参加《きょうせいさんか》させられた計太《けいた》はどうしているかなあと、そちらの方《ほう》に目《め》をやると。

「こら！　だらしないぞ！」

「うう～っ！　誰《だれ》か助《たす》けて～っ！」

綱引《つなひ》きを練習中《れんしゅうちゅう》の計太《けいた》は、二人三脚《ににんさんきゃく》のコーチをしながら片手《かたて》で相手《あいて》をしている憩《いこい》にズルズル引《ひ》きずられていた。

（あれより、たぶんマシ）

アリスはそう自分《じぶん》に言《い》い聞《き》かせ――。

「……あう」

また転《ころ》んだ。

こうして、アリスのすり傷《きず》と筋肉痛《きんにくつう》の日々《ひび》は、運動会《うんどうかい》の前日《ぜんじつ》まで続《つづ》くのだった。

＊　＊　＊

そしてとうとう――。

(ゆううつ、ここに極《きわ》まれり)

アリスが恐《おそ》れていた、運動会《うんどうかい》の当日《とうじつ》がやってきた。

氷山中学《ひょうざんちゅうがく》の運動会《うんどうかい》は、それぞれの学年《がくねん》がA《エー》、B《ビー》、C《シー》のクラスごとに競《きそ》うことになっている。

計太《けいた》に聞《き》いたところによると、1年《ねん》の時《とき》の琉生《るい》やリリカのクラスは2位《い》、ちょうど真《ま》ん中《なか》だ。

「いくぞ〜っ！　死《し》んでも勝《か》つ気《き》でいくぞ〜っ！」

着替《きが》えを終《お》えて教室《きょうしつ》に集合《しゅうごう》すると、憩《いこい》がC組《シーぐみ》のみんなに気合《きあ》いを入《い》れた。

「お〜っ！」

基本的《きほんてき》につき合《あ》いのいいクラスメートたちも、その勢《いきお》いに応《こた》える。

(みんなの足《あし》を……引《ひ》っ張《ぱ》らないようにせねば)

アリスはもうガチガチになって、顔《かお》が強《こわ》ばっている。

「気楽《きらく》にいこう。負《ま》けたって、楽《たの》しんじゃえば勝《か》ちだよ」

そんなアリスの肩《かた》を、琉生《るい》が笑顔《えがお》で叩《たた》いた。

「そうしたいのは、やまやまですが」

アリスがため息《いき》をつく。

やがて、入場行進《にゅうじょうこうしん》が始《はじ》まり、生徒《せいと》たちは校庭《こうてい》に出《で》て学年《がくねん》とクラスごとに整列《せいれつ》した。

「え〜、本日《ほんじつ》は――」

最初《さいしょ》に校長《こうちょう》が、一生懸命《いっしょうけんめい》考《かんが》えてきたらしいスピーチを、メモを片手《かたて》に棒読《ぼうよ》みする。

続《つづ》いて、全員《ぜんいん》が呼吸《こきゅう》を合《あ》わせて準備体操《じゅんびたいそう》。

そのあとに――。

「みなさま〜っ！　このわたくしが、そう、よ〜くご存《ぞん》じのようにハ〜リウッドの大《だい》スター、世界《せかい》に類《るい》を見《み》ない超絶《ちょうぜつ》セレブの赤妃《あかひ》リリカですわ！」

リリカが開会宣言《かいかいせんげん》をする。

学校《がっこう》を休《やす》みがちなリリカにとって、今日《きょう》は目立《めだ》つ最高《さいこう》の機会《きかい》。体操着《たいそうぎ》もみんなのものよりずっとおしゃれだ。その上《うえ》、耳《みみ》には翡翠《ひすい》とパールをあしらったアンティークっぽいイヤリングまでつけている。

「このリリカを楽《たの》しませ、かつ目立《めだ》たせるように、全員《ぜんいん》、必死《ひっし》になってがんばるがよろしいですわ！　それでは、レッツ・スタート！」

こうして、リリカの高笑《たかわら》いとともに運動会《うんどうかい》は始《はじ》まった。

最初《さいしょ》は1年生《ねんせい》の玉入《たまい》れ。

(これは楽《らく》)

アリスたちは自分《じぶん》の席《せき》に座《すわ》って、見《み》ていればいい。

朝配《あさくば》られたプログラムに目《め》をやると、アリスの最初《さいしょ》の出番《でばん》は大玉転《おおだまころ》がし。4番目《ばんめ》の種目《しゅもく》である。そのひとつ前《まえ》に、全学年《ぜんがくねん》が一緒《いっしょ》に走《はし》る400メートル走《そう》があり、琉生《るい》が出《で》ることになっている。

(応援《おうえん》しよう)

大《おお》きな声《こえ》を出《だ》すのは苦手《にがて》だが、ちょっぴりがんばってみようとアリスは決心《けっしん》したところが。

「1位《い》は2年《ねん》の響君《ひびきくん》!」

400メートル走《そう》は、速《はや》い男子生徒《だんしせいと》ならスタートからゴールまで1分《ぷん》もかからない。

アリスが声《こえ》を出《だ》そうかな、と思《おも》った頃《ころ》にはもう終《お》わっていた。

「応援《おうえん》のタイミングさえも逃《のが》して……落《お》ち込《こ》む」

膝《ひざ》を抱《かか》え、うなだれるアリスであった。

そして、いよいよ。

「次《つぎ》は大玉転《おおだまころ》がしです！　出走者《しゅっそうしゃ》は集《あつ》まって！」

大玉転《おおだまころ》がしは、直径《ちょっけい》2メートル近《ちか》い軽《かる》い張《は》りぼての玉《たま》を転《ころ》がして進《すす》むリレーのこと。

クラスの半分《はんぶん》が参加《さんか》する種目《しゅもく》で、アリスと憩《いこい》、それにリリカが最終組《さいしゅうくみ》だ。

パンッというスターターの音《おと》で、最初《さいしょ》の組《くみ》が大玉《おおだま》を押《お》しながら走《はし》り出《だ》す。大玉《おおだま》はなかなか思《おも》った方向《ほうこう》には転《ころ》がってくれず、どの組《くみ》も悪戦苦闘《あくせんくとう》している。

「よし！　行《い》くよ！」

2位《い》で大玉《おおだま》を受《う》け取《と》ったアリスたちは、大玉《おおだま》を転《ころ》がしながら走《はし》り出《だ》し——。

「……あうっ！」

わずか10秒《びょう》でアリスがコケた。

「何《なに》していますの！」

リリカの怒鳴《どな》り声《ごえ》とともにC組《シーぐみ》の大玉《おおだま》がアリスを置《お》いて先《さき》に進《すす》む一方《いっぽう》、やや遅《おく》れたA組《エーぐみ》の大《おお》玉《だま》が転《ころ》がってきてアリスを下敷《したじ》きにする。

（……二次災害《にじさいがい》）

アリスは顔《かお》まで泥《どろ》だらけだ。

「ゴール！　トップはB組《ビーぐみ》！」

アリスがグラウンドに横《よこ》たわっているうちに歓声《かんせい》が上《あ》がった。

アリスが脱落《だつらく》し、途中《とちゅう》で人数《にんずう》がひとり足《た》りなくなったC組《シーぐみ》は、A組《エーぐみ》にも抜《ぬ》かれて3位《い》になった。

救護《きゅうご》テントですりむいた膝《ひざ》と額《ひたい》の手当《てあ》てを受《う》け、アリスがクラスの場所《ばしょ》に戻《もど》ってくると、琉生《るい》が声《こえ》をかけてきた。

「大丈夫《だいじょうぶ》？」

「大《たい》したことはないと、保健《ほけん》の先生《せんせい》がおっしゃいました」

これが大怪我《おおけが》だったら、この後《あと》の種目《しゅもく》に出《で》なくてすんだかもしれないのだが。

(意外《いがい》と丈夫《じょうぶ》な自分《じぶん》に……落《お》ち込《こ》む)

アリスは後《うし》ろの方《ほう》にチョコンと座《すわ》り、ふとクラスの一同《いちどう》を見《み》わたした。

琉生《るい》は計太《けいた》たちと一緒《いっしょ》。

憩《いこい》は最前列《さいぜんれつ》の席《せき》で大声《おおごえ》を出《だ》して応援《おうえん》し、その隣《となり》にはリリカがいる。

「……ん？」

リリカが何《なに》かを抱《かか》え、撫《な》でていることにアリスは気《き》がついた。

「んん？」

アリスはチョコチョコと移動《いどう》して、リリカの横《よこ》までやってきてのぞき込《こ》む。

リリカがその腕《うで》に抱《かか》えていた、丸《まる》くて青《あお》いものは――。

「ししょ～」

アリスはため息《いき》をついた。

そう。

そこにあったのは、ペンギン探偵《たんてい》P《ピー》・P《ピー》・ジュニアの姿《すがた》だったのだ。

「……来《こ》ないでってあれほど」

アリスはP《ピー》・P《ピー》・ジュニアをじ～っと見《み》て、沈《しず》んだ声《こえ》を出《だ》した。

「あ～ら、何《なに》をおっしゃっているのかしら？　ここにはP様《ピーさま》はおられませんわ。これはただのヌイグルミですわよ」

P《ピー》・P《ピー》・ジュニアを抱《だ》きしめながら、リリカがアリスに告《つ》げる。

「そうです、私《わたし》は可愛《かわい》いヌイグルミ」

P《ピー》・P《ピー》・ジュニアも答《こた》えた。

「しょ〜、ヌイグルミはしゃべらない」

「うにゅ〜」

P《ピー》・P《ピー》・ジュニアは、バレては仕方《しかた》ないというようにクチバシを横《よこ》に振《ふ》った。

「どうしても、アリスの活躍《かつやく》が見《み》たくて。赤妃《あかひ》さんに連《つ》れていってくれるように頼《たの》んだんです」

「おかげで今日《きょう》はP様独占《ピーさまどくせん》ですわ！」

リリカは上機嫌《じょうきげん》に笑《え》みを浮《う》かべ、P《ピー》・P《ピー》・ジュニアに頬《ほお》ずりする。なぜかリリカは、P《ピー》・ジュニアが大《だい》のお気《き》に入《い》りなのだ。

とにかく、来《き》てしまったものは仕方《しかた》がない。アリスはリリカの隣《となり》に座《すわ》り、次《つぎ》の種目《しゅもく》を待《ま》つことにした。

「……赤妃《あかひ》さんは次《つぎ》、何《なに》に出《で》るの？」

アリスは尋《たず》ねた。

「わたくしはあとダンスだけですわ。あなたのように、何《なん》でもかんでも出《で》ようとは思《おも》いませんの」

リリカは自分《じぶん》が出《で》ない種目《しゅもく》にはまったく興味《きょうみ》がないのか、P《ピー》・P《ピー》・ジュニアを膝《ひざ》にのせたまま、スマートフォンで音楽《おんがく》を聴《き》いている。

そして。

競技《きょうぎ》はどんどん進《すす》み、昼休《ひるやす》みになった。

ここまで、アリスたちC組《シーぐみ》は最下位独走中《さいかいどくそうちゅう》である。

アリスは琉生《るい》、計太《けいた》、リリカと約束《やくそく》していたので一緒《いっしょ》にお昼《ひる》を食《た》べることになった。そこにP《ピー》・P《ピー》・ジュニアも加《くわ》わる。

もちろん、今日《きょう》はお弁当《べんとう》。

アリスはP《ピー》・P《ピー》・ジュニアと同《おな》じで、シーフードのバゲット・サンドにオレンジとカスタードのタルト、それにコーヒー。琉生《るい》と計太《けいた》はおにぎりで、リリカの前《まえ》には長《なが》いテーブルと10種《しゅ》類以上《るいいじょう》の各国料理《かっこくりょうり》が用意《ようい》された。用意《ようい》したのはもちろん執事《しつじ》とメイドたちだ。

「みなさんもどうぞ」

リリカはＰ《ピー》・Ｐ《ピー》・ジュニアを抱《だ》きかかえられて機《き》嫌《げん》がいいのか、アリスたちにも料理《りょうり》を勧《すす》める。

（落《お》ち込《こ》んでいても……食欲《しょくよく》は落《お》ち込《こ》まず）

アリスは遠慮《えんりょ》なく、皿《さら》を手《て》に取《と》った。

＊　＊　＊

午後《ごご》の部《ぶ》は、３年生男子《ねんせいだんし》の騎馬戦《きばせん》から始《はじ》まった。

「はい、次《つぎ》！　借《か》り物競走《ものきょうそう》に出《で》る人《ひと》は集合《しゅうごう》！」

騎馬戦《きばせん》の途中《とちゅう》で、体育《たいいく》の先生《せんせい》の号令《ごうれい》がかかった。

（またも出番《でばん》）

アリスはぐずぐずと立《た》ち上《あ》がる。

「がんばれ！　きっと勝《か》てる！」

大玉転《おおだまころ》がしでの失敗《しっぱい》のことを責《せ》めず、憩《いこい》が応援《おうえん》してくれる。

「善処《ぜんしょ》します」

アリスは小《ちい》さく頷《うなず》いた。

だが――。

アリスは考《かんが》えるのがすごく遅《おそ》い。

その上《うえ》、人前《ひとまえ》が苦手《にがて》だ。

だから、たくさんの人《ひと》がいるところで早《はや》く考《かんが》えようとすると、頭《あたま》が混乱《こんらん》する。

つまり、借《か》り物競走《ものきょうそう》には、一番向《いちばんむ》いていない人間《にんげん》なのだ。

「では、位置《いち》についてー」

アリスたち、借《か》り物競走《ものきょうそう》の参加者《さんかしゃ》は1列《れつ》に並《なら》んだ。

「スタート！」

パンッとスタータービストルが鳴《な》って、アリスは走《はし》り出《だ》した。

スタート位置《いち》の10メートルほど先《さき》に、縦横《たてよこ》50センチほどの厚紙《あつがみ》でできたカードが伏《ふ》せて置《お》いてある。

そのカードを拾《ひろ》い、何《なに》を借《か》りてくるのか決《き》めるのだ。

アリスは例《れい》によって最後《さいご》にカードのところに着《つ》き、残《のこ》ったカードの中《なか》から迷《まよ》ったあげくに1枚《まい》をめくる。

カードに書《か》かれていたのは、『黄色《きいろ》いヌイグルミのクマ』。

アリスが取《と》ったカードを見《み》て、C組《シーぐみ》のほぼ全員《ぜんいん》が「もうダメだ〜！」という顔《かお》になった。

運動会《うんどうかい》に、クマのヌイグルミを持《も》ってくる人《ひと》はそうはいない、とみんな思《おも》ったのだろう。

アリスもそう思《おも》う。

ましてや、色《いろ》まで黄色《きいろ》と指定《してい》してあるのだ。

けれど、3人《にん》と1羽《わ》だけはあきらめていなかった。

琉生《るい》と憩《いこい》、リリカ、それにもちろんP《ピー》・P《ピー》・ジュニアである。

「大丈夫《だいじょうぶ》！　落《お》ち着《つ》いて！」

「走《はし》れ！　とにかく走《はし》れ！　それしかない！」

「推理《すいり》するんです！」

琉生《るい》と憩《いこい》、P《ピー》・P《ピー》・ジュニアが応援《おうえん》の声《こえ》をかける。

「もし負《ま》けでもしたら、1週間《しゅうかん》うちのメイドをしてもらいますわよ！　メイドの制服《せいふく》も用意《ようい》してありますからね！」

リリカのだけは、声援《せいえん》というより脅迫《きょうはく》だったが。

もし借《か》り物《もの》が見《み》つからないと思《おも》ったら、そのカードをあきらめ、グラウンドを1周《しゅう》してからもう1回《かい》カードを引《ひ》くこともできる。

『火星人《かせいじん》の足《あし》』や『魔女《まじょ》の帽子《ぼうし》』を引《ひ》いた生徒《せいと》たちは早々《はやばや》とあきらめ、グラウンドをもう1周《しゅう》する方《ほう》を選《えら》んだ。

でも、アリスは自分《じぶん》に言《い》い聞《き》かせた。

(もう1回《かい》カードを引《ひ》いても、いいカードが出《で》るとは限《かぎ》らない。だったら——)

アリスはあちこち探《さが》すふりをして、救護《きゅうご》テントの裏《うら》に移動《いどう》した。

「ちょっとずるいけど……」

誰《だれ》からも見《み》えないところまで来《く》ると、鏡《かがみ》を取《と》り出《だ》し、指先《ゆびさき》で触《ふ》れる。

「鏡《ミラー》よ、鏡《ミラー》」

アリスの姿《すがた》がふっと消《き》えた。

＊　＊　＊

アリスは一瞬後《いっしゅんご》、学校《がっこう》のグラウンドとは別《べつ》の場所《ばしょ》にやってきていた。

ここは鏡《かがみ》の国《くに》。

時間《じかん》が止《と》まった、鏡《かがみ》の向《む》こう側《がわ》の世界《せかい》。

おかしなことや、不思議《ふしぎ》なことが普通《ふつう》に起《お》こる世界《せかい》だ。

今《いま》も、目《め》の前《まえ》ではプカプカ宙《ちゅう》に浮《う》かぶ植木鉢《うえきばち》から生《は》えた赤《あか》いキノコの上《うえ》で、芋虫《いもむし》がパイプを吹《ふ》かしている。

他《ほか》にもあたりには、グランドピアノや書《か》き物机《ものづくえ》、『私を飲んで《ドリンク・ミー》』というラベルが貼《は》られた小《こ》瓶《びん》、『私を食べて《イート・ミー》』と砂糖《アイシング》で書《か》かれたクッキーがのったお皿《さら》などが浮《う》いている。

キラキラ星《ぼし》のように光《ひか》っているのは、すべてが鏡《かがみ》。

その鏡《かがみ》を通《とお》ってアリスは、いろんな場所《ばしょ》に行《い》くこともできるのだ。

そして、アリス本人《ほんにん》も鏡《かがみ》の国《くに》に来《く》ると、もうひとりのアリス、アリス・リドルに変身《へんしん》する。

空色《そらいろ》にトランプ柄《がら》のワンピースを身《み》にまとった、名探偵《めいたんてい》アリス・リドルに。

「アリス・リドル登場《エンター・アリス・リドル》」

変身《へんしん》したアリスは近《ちか》くに浮《う》かんでいるテーブルの上《うえ》に腰《こし》かけると、目《め》を閉《と》じて運動会《うんどうかい》の客席《きゃくせき》の様子《ようす》を思《おも》い浮《う》かべた。

アリスは一度目《いちどめ》にしたものは決《けっ》して忘《わす》れることがない。時間《じかん》が止《と》まったこの世界《せかい》では、ふだん考《かんが》えるのが遅《おそ》いアリスもあせらずに、ゆっくりと考《かんが》えることができるのだ。

(火星人《かせいじん》の足《あし》や魔女《まじょ》の帽子《ぼうし》と違《ちが》って、ヌイグルミを持《も》っている人《ひと》が絶対《ぜったい》にいないとは言《い》い切《き》れない……はず)

アリスが考《かんが》えを巡《めぐ》らせると、周囲《しゅうい》に浮《う》かんでいたヘンテコなものたちがゆっくりとアリスを中心《ちゅうしん》に回《まわ》り始《はじ》める。

(私《わたし》がカードを引《ひ》いた時《とき》——)

観客《かんきゃく》のほとんどが、笑《わら》ったり、肩《かた》をすくめたりしていた。アリスはひとりひとりの表情《ひょうじょう》から、黄色《きいろ》いクマのヌイグルミ、という言葉《ことば》への反応《はんのう》を読《よ》み取《と》っていく。

(……この子《こ》)

ひとりだけ。

幼稚園児《ようちえんじ》ぐらいの女《おんな》の子《こ》が、丸《まる》いピンクのポシェットを開《ひら》き、ちょっと恥《は》ずかしそうな顔《かお》をしてうつむいていた。

ポシェットはクマのヌイグルミが入《はい》りそうな大《おお》きさではなかったが——。

(たぶん、間違《まちが》えてない)

アリスはテーブルから下《お》りると、体操着《たいそうぎ》に戻《もど》って鏡《かがみ》に触《ふ》れた。

＊　＊　＊

(あの女《おんな》の子《こ》は——)

鏡《かがみ》の国《くに》からこちらの世界《せかい》に戻《もど》ってきたアリスは、真《ま》っ直《す》ぐにポシェットの女《おんな》の子《こ》のところに向《む》かい、その前《まえ》に立《た》った。

「こんにちは」

アリスは女《おんな》の子《こ》に声《こえ》をかける。

「黄色《きいろ》いクマのヌイグルミ、持《も》ってますか？」

女《おんな》の子《こ》がカードを見《み》てポシェットを開《ひら》いたのは、その中《なか》にカードに書《か》かれていた品物《しなもの》があるから。

出《だ》さなかったのは、誰《だれ》もが思《おも》い浮《う》かべるような大《おお》きなヌイグルミではなかったからだ。

「持《も》ってる……でもね」

アリスの推理《すいり》どおり。女《おんな》の子《こ》は頬《ほほ》を赤《あか》くして、ポシェットから5センチくらいの小《ちい》さな黄色《きいろ》いクマの人形《にんぎょう》を取《と》り出《だ》した。

「ちっちゃいの、ほら」

キー・ホルダーの留《と》め具《ぐ》もついているし、確《たし》かに小《ちい》さい。

だが、しっかりとした布製《ぬのせい》で、ヌイグルミであることに違《ちが》いはない。

「この子《こ》と一緒《いっしょ》に応援《おうえん》に来《き》たの？」

アリスが尋《たず》ねると、女《おんな》の子《こ》は瞳《ひとみ》を輝《かがや》かせた。

「うん！　いつも一緒《いっしょ》なの、ク～たんは！」

「そのク～たん、ちょっとだけ貸《か》してくれる？」

「ちょっと？」

「うん、ちょっと」

「いいよ」

女《おんな》の子《こ》は、アリスに小《ちい》さなクマのヌイグルミを手渡《てわた》した。

アリスはそのヌイグルミを優《やさ》しく手《て》の中《なか》に持《も》つと、ゴールを目指《めざ》して走《はし》り出《だ》した。

「こ、これです」

ゴールしたアリスは、審判《しんぱん》の先生《せんせい》にカードとヌイグルミを見《み》せる。

「う〜ん……合格《ごうかく》！」

先生《せんせい》はアリスのゴールを認《みと》めた。

「それじゃ、これを」

と、先生《せんせい》がアリスに渡《わた》した旗《はた》には、5という数字《すうじ》が書《か》かれている。

借《か》り物競走《ものきょうそう》の参加者《さんかしゃ》は、各《かく》クラス2名《めい》ずつの18人《にん》。

5位《い》なら、アリスとしては望《のぞ》める最高《さいこう》の成績《せいせき》だ。

「ありがとう」

アリスは競技《きょうぎ》が終《お》わってからヌイグルミを返《かえ》しに行《い》き、女《おんな》の子《こ》にお礼《れい》を言《い》った。

「ク〜たん、役《やく》に立《た》った？」

女《おんな》の子《こ》は笑顔《えがお》で尋《たず》ねる。

「うん、とっても」

アリスも女《おんな》の子《こ》に微笑《ほほえ》みを返《かえ》した。


「お見事《みごと》」

クラスのところに戻《もど》ると、琉生《るい》がそう声《こえ》をかけてくれたので、アリスはホッとした。

けれど。

「それはいいのですけど……」

前《まえ》に座《すわ》るリリカが、振《ふ》り返《かえ》って眉《まゆ》をひそめる。

「どうかしたの？」

と、アリス。

「あの筋肉《きんにく》ガールの姿《すがた》が、さっきから見《み》えませんのよ。次《つぎ》のリレーに出《で》なくてはいけないはずですのに」

「筋肉《きんにく》……碇山《いかりやま》さんがいない？」

確《たし》かに、さっきまでリリカの隣《となり》で大声《おおごえ》を出《だ》していた憩《いこい》の姿《すがた》がない。

「碇山《いかりやま》さんというと、あの応援《おうえん》でも一番目立《いちばんめだ》っていた足《あし》の速《はや》い子《こ》ですか？」

P《ピー》・P《ピー》・ジュニアが琉生《るい》に尋《たず》ねる。

「うん。前《まえ》の100メートル走《そう》で怪我《けが》でもしたんじゃないかと思《おも》って、救護《きゅうご》テントまで捜《さが》しに行《い》ったんだけど――」

琉生《るい》もちょっと不安《ふあん》そうに首《くび》を振《ふ》った。

「見《み》つからなかったんですね？」

P《ピー》・P《ピー》・ジュニアは何《なに》か考《かんが》え込《こ》むように腕《うで》組《ぐ》み、いや、ヒレ組《ぐ》みをすると、アリスの方《ほう》にクチバシを向《む》けた。

「私《わたし》たちで手分《てわ》けして捜《さが》した方《ほう》がいいかもしれません」

「僕《ぼく》も――」

と、立《た》ち上《あ》がりかける琉生《るい》を、アリスが止《と》める。

「あの……響君《ひびきくん》は出《で》る種目《しゅもく》が多《おお》いから、クラスのところに」

「けど」

「庶民《しょみん》アリスの言《い》うとおりですわ！　響様《ひびきさま》はここにいてくださらないと！」

リリカが強引《ごういん》に腕《うで》をつかんで琉生《るい》を座《すわ》らせ、アリスに向《む》かって告《つ》げた。

「あなたもなるべく急《いそ》いで戻《もど》るのですよ！　二人三脚《ににんさんきゃく》が始《はじ》まりますから」

「……そうでした」

2年《ねん》の二人三脚《ににんさんきゃく》は、この次《つぎ》の次《つぎ》。

「ええっと、二人三脚《ににんさんきゃく》の選手《せんしゅ》の集合時間《しゅうごうじかん》までは――」

時間《じかん》にうるさい計太《けいた》が、愛用《あいよう》の懐中時計《かいちゅうどけい》を見《み》て確認《かくにん》する。

「あと23分《ぷん》46秒《びょう》26といったところでしょうか？」

「それまでには戻《もど》るから」

二手《ふたて》に分《わ》かれ、アリスは体育館《たいいくかん》の裏手《うらて》の方《ほう》、P《ピー》・P《ピー》・ジュニアは正門《せいもん》の方《ほう》から捜《さが》すことにした。

「碇山《いかりやま》さん……どこに消《き》えたのかな？」

アリスは最初《さいしょ》に琉生《るい》と二人三脚《ににんさんきゃく》の練習《れんしゅう》をした、体育館裏《たいいくかんうら》にやってきていた。

校庭《こうてい》からは見《み》えない場所《ばしょ》であり、アリスが見渡《みわた》したところ、自分《じぶん》の他《ほか》には人《ひと》っ子《こ》ひとりいない。

だが、他《ほか》の場所《ばしょ》を捜《さが》そうと移動《いどう》しかけたその時《とき》。

「は〜い、そこの地味《じみ》っ子《こ》！　グーテン・ターク！」

いきなりアリスの正面《しょうめん》に、ドイツの民族衣装《みんぞくいしょう》に身《み》を包《つつ》んだ、15、16歳《さい》に見《み》える女《おんな》の子《こ》が飛《と》び出《だ》してきた。

「……初対面《しょたいめん》で地味《じみ》だと指摘《してき》され、落《お》ち込《こ》む」

今《いま》は学校指定《がっこうしてい》の白《しろ》い体操着姿《たいそうぎすがた》で、いつもの黒《くろ》いワンピースを着《き》ている訳《わけ》ではない。それでも地味《じみ》と言《い》われると、立《た》つ瀬《せ》がない。

「いや、そこショック受《う》けるとこじゃないでしょ？　どこをどう取《と》っても、あんた、華《はな》なんかないんだし」

女《おんな》の子《こ》は、肩《かた》を落《お》とすアリスに追《お》い打《う》ちをかける。

「どうしてそういう失礼《しつれい》なことばっかり言《い》うかな？　だから嫌《きら》われるんだって」

女《おんな》の子《こ》の後《うし》ろから、ちょっと年下《としした》に見《み》える男《おとこ》の子《こ》が現《あらわ》れた。

男《おとこ》の子《こ》も民族衣装《みんぞくいしょう》だが、手《て》にはロープを握《にぎ》っている。さらにロープの先《さき》には縛《しば》られ、声《こえ》を上《あ》げられないように猿《さる》ぐつわをされた女《おんな》の子《こ》がいた。

「碇山《いかりやま》……さん？」

縛《しば》られていたのは、碇山憩《いかりやまいこい》だった。

「あなたたちが碇山《いかりやま》さんを？」

アリスは女《おんな》の子《こ》の顔《かお》を見《み》て尋《たず》ねる。

「そのと〜り！」

アリスよりちょっと背《せ》の高《たか》い女《おんな》の子《こ》は、猿《さる》ぐつわの下《した》でフガフガわめいている憩《いこい》を指《ゆび》さした。

「この子《こ》は人質《ひとじち》よ！　私《わたし》たちが日本《ヤーパン》で最初《さいしょ》のお仕事《しごと》を成功《せいこう》させるためのね！」

「僕《ぼく》らはある品物《しなもの》を手《て》に入《い》れるために、この学校《がっこう》に潜入《せんにゅう》したんだ」

男《おとこ》の子《こ》の方《ほう》が説明《せつめい》する。

「つまり……………………………………あなたたちはドロボー？」

アリスは理解《りかい》するまで、ちょ〜っと時間《じかん》がかかった。

「むしろ犯罪芸術家《クリミナル・アーティスト》って呼《よ》んでほしいんだけど？」

少年《しょうねん》が訂正《ていせい》する。

「そう！　私《わたし》たちがあの有名《ゆうめい》なヘンゼルとグレーテル！」

と、女《おんな》の子《こ》の方《ほう》が名乗《なの》った。

あの有名《ゆうめい》な、と言《い》われても、アリスには初耳《はつみみ》である。

たぶん、男《おとこ》の子《こ》の方《ほう》がヘンゼルで、女《おんな》の子《こ》の方《ほう》がグレーテルだろう。

「……有名《ゆうめい》なの？」

失礼《しつれい》かなあと思《おも》いながらも、アリスは聞《き》いた。

「知《し》らないのならよ〜く聞《き》くのね！　私《わたし》たちこそ、全《ぜん》ヨーロッパを恐怖《きょうふ》に陥《おとしい》れた悪《あく》の申《もう》し子《ご》！」

グレーテルは決《き》めゼリフとともに、腕組《うでぐ》みをし、半身《はんみ》のポーズを取《と》った。

「この世《よ》で私《わたし》たちに盗《ぬす》めないものはない！　怪盗姉弟《かいとうしてい》ヘンゼルとグレーテル、豪華絢爛《ごうかけんらん》、華麗《かれい》に参上《さんじょう》！」

「はいはい、参上《さんじょう》」

ちょっと遅《おく》れて、ヘンゼルも背中合《せなかあ》わせに同《おな》じポーズを取《と》る。

「こら〜っ！　ちゃんと名乗《なの》るタイミングを合《あ》わせなさいって前《まえ》から言《い》ってるでしょ！」

グレーテルは弟《おとうと》を振《ふ》り返《かえ》ってにらんだ。

「……姉《ねえ》さん、大《おお》げさすぎて恥《は》ずかしいって」

怒鳴《どな》られたヘンゼルは、ため息《いき》とともに首《くび》を横《よこ》に振《ふ》る。

「それとさ、盗《ぬす》めないものはないっていうのもちょっと言《い》いすぎ。生《い》き物《もの》は、盗《ぬす》むの無理《むり》でしょ？　僕《ぼく》は猫《ねこ》アレルギーだし、お姉《ねえ》ちゃんも爬虫類《はちゅうるい》、苦手《にがて》だよね？　それに鳥《とり》も？」

「……う」

グレーテルは顔《かお》を強《こわ》ばらせ、言《い》い直《なお》した。

「怪盗姉弟《かいとうしてい》ヘンゼルとグレーテル、豪華絢爛《ごうかけんらん》、華麗《かれい》に参上《さんじょう》！　爬虫類《はちゅうるい》、鳥類《ちょうるい》などの生《い》き物以外《ものいがい》、私《わたし》たちに盗《ぬす》めないものはない！」

「……あまり大《おお》きなものとか、重《おも》いものも無理《むり》だよね？　僕《ぼく》たち、免許《めんきょ》ないから車運転《くるまうんてん》できないし」

ヘンゼルは思《おも》い出《だ》したようにつけ加《くわ》える。

「怪盗姉弟《かいとうしてい》ヘンゼルとグレーテル、豪華絢爛《ごうかけんらん》、華麗《かれい》に参上《さんじょう》！　重《おも》いものと大《おお》きいものと爬虫類《はちゅうるい》、鳥類《ちょうるい》などの生《い》き物以外《ものいがい》、私《わたし》たちに盗《ぬす》めないものはない！」

グレーテルはもう一度《いちど》、決《き》めゼリフを修正《しゅうせい》する。

「そういえば、賞味期限《しょうみきげん》の短《みじか》い食《た》べ物《もの》もダメかなあ？　ホテルの冷蔵庫《れいぞうこ》小《ちい》さいから、たくさんは入《はい》りきらないし」

と、ヘンゼル。

「怪盗姉弟《かいとうしてい》ヘンゼルとグレーテル、豪華絢爛《ごうかけんらん》、華麗《かれい》に参上《さんじょう》！　重《おも》いものと大《おお》きいものと賞味期《しょうみき》限《げん》の短《みじか》い生鮮食料品《せいせんしょくりょうひん》と爬虫類《はちゅうるい》、鳥類《ちょうるい》などの生《い》き物以外《ものいがい》、私《わたし》たちに盗《ぬす》めないものはない！」

グレーテルはかなり投《な》げやりになってきた。

「あと壊《こわ》れやすいガラス製品《せいひん》とか、精密機械《せいみつきかい》もやめた方《ほう》がいいよね？　姉《ねえ》さん、おっちょこちよいだから絶対壊《ぜったいこわ》すよ」

「怪盗姉弟《かいとうしてい》ヘンゼルとグレーテル、豪華絢爛《ごうかけんらん》、華麗《かれい》に参上《さんじょう》！　重《おも》いものと大《おお》きいものと壊《こわ》れやすいガラス製品《せいひん》と精密機械《せいみつきかい》と賞味期限《しょうみきげん》の短《みじか》い食料品《しょくりょうひん》と爬虫類《はちゅうるい》、鳥類《ちょうるい》などの生《い》き物以外《ものいがい》、私《わたし》たちに盗《ぬす》めないものは――って長《なが》〜いっ！」

途中《とちゅう》で息《いき》が切《き》れたグレーテルは、ゼイゼイ言《い》いながら座《すわ》り込《こ》んだ。

「…………とにかく！」

10秒《びょう》ほどして。

立《た》ち直《なお》ったグレーテルは、憩《いこい》の腕《うで》をつかんで続《つづ》ける。

「こいつを返《かえ》して欲《ほ》しかったら、私《わたし》たちの命令《めいれい》を聞《き》きなさい」

「命令《めいれい》？」

と、アリス。

「私《わたし》たちが欲《ほ》しいのは、あんたのクラスの生意気《なまいき》なセレブ、赤妃《あかひ》リリカがしてるイヤリングよ！」

グレーテルは言《い》った。

「あんた、ボ〜ッとしてるから分《わ》かんないだろうけどさ。あのイヤリングは、西太后《せいたいごう》のイヤリングなの」

「……せ〜たいご〜？」

アリスは歴史《れきし》があまり得意《とくい》じゃなかった。

「昔《むかし》の中国《ちゅうごく》の女帝《じょてい》のイヤリング！　古《ふる》くて高《たか》いの！」

「……………納得《なっとく》です」

アリスはようやく理解《りかい》した。

「この前《まえ》、ニュースでリリカがインタビュー受《う》けてる時《とき》に、あのイヤリングを自慢《じまん》してるのを見《み》たのよ。感《かん》じの悪《わる》い、ゴ〜マンな冷血女《れいけつおんな》って感《かん》じでさ。奪《うば》ってやったらいい気味《きみ》だと思《おも》わない？」

グレーテルは意地悪《いじわる》そうに笑《わら》う。

「普段《ふだん》なら厳重《げんじゅう》に警戒《けいかい》してるから、あのイヤリングは盗《ぬす》めない。でも学校《がっこう》で、特《とく》にこういう行事《ぎょうじ》があって人《ひと》の出入《でい》りの多《おお》い時《とき》なら話《はなし》は別《べつ》でしょ？　警備《けいび》にも、隙《すき》ができるはずって思《おも》ったんだ」

今度《こんど》はヘンゼルが説明《せつめい》した。

「とはいえ、ここの生徒《せいと》じゃない僕《ぼく》らは赤妃《あかひ》リリカに近《ちか》づけない。でも、同《おな》じクラスの君《きみ》なら近《ちか》づける。人質《ひとじち》を返《かえ》して欲《ほ》しければイヤリングを渡《わた》せと赤妃《あかひ》リリカに伝《つた》え、イヤリングをここまで持《も》ってきて欲《ほ》しい。という訳《わけ》で――」

ヘンゼルは、アリスの手《て》を握《にぎ》った。

アリスがあわてて手《て》を引《ひ》っ込《こ》めると、ヘンゼルは自分《じぶん》の手《て》を開《ひら》いて、その上《うえ》にのっているものをアリスに見《み》せる。

「この指輪《ゆびわ》は預《あず》かっておくよ」

それはブルーのハートがついた指輪《ゆびわ》。アリスのパパからP《ピー》・P《ピー》・ジュニアへ、P《ピー》・P《ピー》・ジュニアからアリスへと渡《わた》された、不思議《ふしぎ》な指輪《ゆびわ》である。

(ずっと抜《ぬ》けなかったのに)

左《ひだり》の人差《ひとさ》し指《ゆび》にはめてから、石《せっ》けんや油《あぶら》を使《つか》って何度《なんど》抜《ぬ》こうとしても抜《ぬ》けなかったその指輪《ゆびわ》が、いつの間《ま》にかヘンゼルの手《て》に渡《わた》っていたのだ。

「返《かえ》し――」

アリスは思《おも》わず指輪《ゆびわ》に手《て》を伸《の》ばす。

「悪《わる》いと思《おも》うけど」

ヘンゼルは指輪《ゆびわ》を持《も》つ手《て》を引《ひ》っ込《こ》めた。

「指輪《ゆびわ》はリリカのイヤリングと交換《こうかん》だよ！　イヤリングを持《も》ってきたら、このやたら元気《げんき》のいい子《こ》も返《かえ》してあげる。けど、警察《けいさつ》や誰《だれ》かにこのことを話《はな》したら……後《あと》は言《い》わないでもわかるわよね？」
グレーテルはそう念《ねん》を押《お》すと、アリスを送《おく》り出《だ》した。

「……どうしよう？」
アリスは歩《ある》きながら、ポシェットに入《い》れてあった鏡《かがみ》を出《だ》した。
触《ふ》れてみたが、爪《つめ》がコツリと音《おと》を立《た》てただけで、体《からだ》が鏡《かがみ》に吸《す》い込《こ》まれることはない。
やはりあの指輪《ゆびわ》がないと、鏡《かがみ》の国《くに》へは行《い》けないようである。
つまり、いつものように時間《じかん》の止《と》まった世界《せかい》で考《かんが》えをまとめることはできない。
当然《とうぜん》、アリス・リドルになることもできないのだ。
(これはけっこ〜……マズいかも？)
アリス、最大《さいだい》のピンチだった。

「あの無責任《むせきにん》な筋肉《きんにく》は！　とうとうリレーには代理《だいり》が出《で》てしまいましたわよ！」
アリスが戻《もど》ると、リリカがフンと鼻《はな》を鳴《な》らした。

どうやら、憩《いこい》の代《か》わりに他《ほか》の子《こ》が走《はし》ってくれたようで、アリスはちょっと安心《あんしん》する。

「こちらも空振《からぶ》りでしたけど、そちらも見《み》つからなかったようですね？」

先《さき》に戻《もど》っていたＰ《ピー》・Ｐ《ピー》・ジュニアがアリスを見《み》て尋《たず》ねた。

「ええっと……うん」

と、頷《うなず》くアリス。

「二人三脚《ににんさんきゃく》に出《で》る人《ひと》は、もう集《あつ》まる時間《じかん》ですわ。響様《ひびきさま》はもうそちらに行《い》っていますので、あなたも――」

リリカは出走者《しゅっそうしゃ》の集合場所《しゅうごうばしょ》の方《ほう》を指《ゆび》さす。

「もう少《すこ》しだけ待《ま》って」

アリスはリリカだけに聞《き》こえるように声《こえ》をひそめた。

「……それと少《すこ》しの間《あいだ》だけ、イヤリングを外《はず》して」

「……それは必要《ひつよう》なことですの？」

リリカも声《こえ》をひそめ、不思議《ふしぎ》そうにアリスを見《み》る。

「お願《ねが》いです」

「わかりましたわ」

必死《ひっし》なアリスを見《み》て、リリカは小《ちい》さく頷《うなず》いた。

「……私《わたし》に渡《わた》すふりをして」

アリスは続《つづ》けてささやく。

「理由《りゆう》は……言《い》えないという顔《かお》ですわね？」

リリカはアリスに従《したが》った。

アリスはポケットに入《い》れておいたハンカチを出《だ》し、イヤリングを包《つつ》むふりをする。

「ありがと」

アリスは再《ふたた》び、体育館《たいいくかん》の裏《うら》に向《む》かった。


「碇山《いかりやま》さんと交換《こうかん》」

ヘンゼルとグレーテルの前《まえ》に立《た》ったアリスは、ハンカチを握《にぎ》った手《て》を前《まえ》に差《さ》し出《だ》した。

「あんたさ、どっちの立場《たちば》が上《うえ》かわかってんの？」

グレーテルはふうっと息《いき》をついて髪《かみ》をかき上《あ》げる。

「その代《か》わり……私《わたし》の指輪《ゆびわ》はイヤリングを確認《かくにん》してからでいいから」

アリスは続《つづ》けた。

「ん〜」

グレーテルはちょっと考《かんが》え込《こ》んでから答《こた》える。

「ならいいかな？　ほら、この子《こ》を放《はな》すから、イヤリングを置《お》いて後《うし》ろに下《さ》がりな」

グレーテルが命《めい》じると、アリスは足元《あしもと》にハンカチを置《お》いて数歩《すうほ》下《さ》がる。

それを見《み》て、ヘンゼルがロープの端《はし》から手《て》を放《はな》した。

憩《いこい》はアリスに向《む》かって走《はし》り、グレーテルはハンカチのところへ移動《いどう》して拾《ひろ》い上《あ》げる。

「いっただき〜」

ニンマリとした顔《かお》で、ハンカチを開《ひら》くグレーテル。

だが。

「ちょっ、何《なに》これ！」

開《ひら》いたハンカチの中《なか》にあったのはイヤリングではなく、途中《とちゅう》で拾《ひろ》ったドングリだった。

「だ、だましたわね⁉」

グレーテルはアリスをにらみ、地団太《じだんだ》を踏《ふ》んだ。

「だいたい、姉《ねえ》さんの計画《けいかく》は詰《つ》めが甘《あま》いんだよなあ」

その横《よこ》でヘンゼルがため息《いき》をつく。

「あんたの指輪《ゆびわ》がどうなるか、わかってるんでしょうね!?」

グレーテルはアリスをにらんだ。

「…………うん」

アリスは指輪《ゆびわ》のおかげで、どうしようもなく落《お》ち込《こ》みそうなところを何度《なんど》も救《すく》われた。

指輪《ゆびわ》のおかげで、鏡《かがみ》の国《くに》でも、こちらの世界《せかい》でも多《おお》くの友《とも》だちと知《し》り合《あ》えた。

命《いのち》だって救《すく》われたこともある。

(……だけど)

何《なに》よりも大切《たいせつ》な指輪《ゆびわ》だけど、アリスにはもう決心《けっしん》ができていた。

「ヘンゼル、指輪《ゆびわ》をよこしな！　粉々《こなごな》にしてやる！」

グレーテルはどこから出《だ》したのか、大《おお》きなハンマーを握《にぎ》りしめる。

「はいはい……ほんと、うちの姉《ねえ》さんは悪人《あくにん》だなあ」

そうこぼしながらも、命《めい》じられたとおりに指輪《ゆびわ》を取《と》り出《だ》すヘンゼル。

と、その時《とき》。

「必殺《ひっさつ》っ！　氷点下《ひょうてんか》フィィィ～ッシング！」

かけ声《ごえ》とともにヒュンと釣《つ》り針《ばり》が飛《と》んできて、ヘンゼルが持《も》つアリスの指輪《ゆびわ》を引《ひ》っかけた。

指輪《ゆびわ》は宙《ちゅう》を舞《ま》い——。

「にゅふふ」

と、笑《わら》うP《ピー》・P《ピー》・ジュニアのヒレの上《うえ》に落《お》ちた。

「名探偵《めいたんてい》P《ピー》・P《ピー》・ジュニア参上《さんじょう》～！」

P《ピー》・P《ピー》・ジュニアは釣《つ》り竿《ざお》を置《お》いて、アリスの隣《となり》に立《た》った。

「しょ～……どうしてここに？　私《わたし》、何《なに》も言《い》っていないのに？」

「さっきのあなたの顔《かお》を見《み》たら、言葉《ことば》を交《か》わさなくても困《こま》っていたことぐらいわかりましたよ。それが名探偵《グレート・ディテクティヴ》というものです」

P《ピー》・P《ピー》・ジュニアは胸《むね》を——というか丸《まる》いお腹《なか》を——張《は》った。

「アリス。探偵《たんてい》たるもの、仲間《なかま》を頼《たよ》ることも時《とき》には必要《ひつよう》ですよ」

「ししょ〜」

アリスは涙《なみだ》があふれそうになるのをこらえて頷《うなず》く。

「あんたさ、バカじゃないの！　自分《じぶん》の大切《たいせつ》なものを捨《す》ててまで、リリカのイヤリングを守《まも》ることが大事《だいじ》なの⁉」

「あなたは……赤妃《あかひ》さんのことをなんにも知《し》らない。知《し》らないくせに冷血《れいけつ》とか、傲慢《ごうまん》とか決《き》めつけた。そんな人《ひと》の言《い》いなりには――」

アリスはこぶしを握《にぎ》りしめ、真《ま》っ直《す》ぐにグレーテルを見返《みかえ》した。

「私《わたし》はならない」

「はあん、それって友情《ゆうじょう》ってヤツ？　かっこ悪《わる》〜い！」

グレーテルは小馬鹿《こばか》にするように笑《わら》った。

「……ごめんね。うちの姉《ねえ》さん、そういうのがわからないんだよ。友《とも》だちいないから」

ヘンゼルが頭《あたま》をかき、アリスに謝《あやま》る。

「し、失礼《しつれい》ね！　あたしにだって、えっと、友《とも》だちの1万人《まんにん》や10万人《まんにん》はいるわよ！」

グレーテルは真《ま》っ赤《か》になって弟《おとうと》を振《ふ》り返《かえ》った。

「そのあげた数字《すうじ》が嘘《うそ》っぽい」

と、ヘンゼル。

「嘘《うそ》じゃないって言《い》ってんでしょうが！」

「じゃあ、スマートフォン見《み》せてよ。見《み》れば友《とも》だちの数《かず》、わかるから」

「弟《おとうと》のくせに、あんたってやつは〜っ！」

グレーテルはヘンゼルの胸《むな》ぐらをつかんだ。

「おやおや、勝手《かって》に仲間割《なかまわ》れを始《はじ》めましたよ。では——」

P《ピー》・P《ピー》・ジュニアは肩《かた》をすくめると、背中《せなか》のアザラシ形《がた》リュックから、ライフルのような銃《じゅう》を引《ひ》っ張《ぱ》り出《だ》して構《かま》えた。

「食《く》らいなさい！　ファイナル必殺技《ひっさつわざ》！　怒濤《どとう》のアラスカ大氷原《だいひょうげん》ミラクル・シュート！」

P《ピー》・P《ピー》・ジュニアが引《ひ》き金《がね》を引《ひ》くと、パンッと音《おと》とともにパンくずが銃口《じゅうこう》から飛《と》び出《だ》し、ヘンゼルとグレーテルの顔《かお》や体《からだ》にくっついた。

近《ちか》くの木《き》の枝《えだ》に留《と》まっていたハトやスズメたちが、そのパンくずに気《き》がつき、丸《まる》い目《め》をキラリと輝《かがや》かせる。そして、急降下《きゅうこうか》してヘンゼルとグレーテルに群《むら》がると、パンくずを食《た》べようとクチバシでつっつき始《はじ》めた。

「う、うっそ〜っ！　鳥《とり》は苦手《にがて》だって言《い》ってるのに！」

「ど、どうして僕《ぼく》まで!?」

十数羽《じゅうすうわ》の鳥《とり》につつかれた姉弟《してい》は頭《あたま》を抱《かか》え、全速力《ぜんそくりょく》で逃《に》げていった。

「はい、あなたの指輪《ゆびわ》ですよ」

ふたりの姿《すがた》が消《き》えると、P《ピー》・P《ピー》・ジュニアはアリスに指輪《ゆびわ》を返《かえ》す。

「これでアリス・リドルも復活《ふっかつ》ですね」

「ししょ〜のおかげ」

アリスはギュッと指輪《ゆびわ》を握《にぎ》りしめた。

「警察《けいさつ》にも連絡《れんらく》しておいたので、もう到着《とうちゃく》します。ここは私《わたし》に任《まか》せて」

P《ピー》・P《ピー》・ジュニアは、黄色《きいろ》いクチバシを縦《たて》に振《ふ》る。

「碇山《いかりやま》さん、戻《もど》ろ」

アリスは憩《いこい》のロープをほどき、猿《さる》ぐつわを外《はず》した。

「ボクの出番《でばん》はっ!?」

猿《さる》ぐつわを外《はず》された憩《いこい》が、まず尋《たず》ねたのはそれだった。

「リレーは終《お》わったけど——」

「まだボクが出《で》るの、３つ残《のこ》ってるってことか！」

憩《いこい》はアリスの手《て》をつかむと、引《ひ》きずるようにして走《はし》り出《だ》した。

「どこに行《い》ってらっしゃったんですの!?」

C組《シーぐみ》の席《せき》に戻《もど》ると、憩《いこい》とアリスに向《む》かってリリカが声《こえ》を張《は》り上《あ》げた。

「説明《せつめい》はあと！　まだ勝《か》てる！」

憩《いこい》は１００メートル走参加者《そうさんかしゃ》の集合場所《しゅうごうばしょ》に向《む》かってダッシュした。どうやら、最後《さいご》の大逆転《だいぎゃくてん》を狙《ねら》うようである。

「あなたが出《で》るはずだった二人三脚《ににんさんきゃく》、と～っくに終《お》わりましたわよ」

リリカは、残《のこ》ったアリスに告《つ》げた。

「ごめんなさい」

アリスは肩《かた》を落《お》とし、３学年合同《がくねんごうどう》の騎馬戦《きばせん》に出《で》ている響《ひびき》の方《ほう》を見《み》る。

「せっかく練習《れんしゅう》したのに……響君《ひびきくん》にも申《もう》し訳《わけ》なく」

「……集合時間《しゅうごうじかん》にいらっしゃらないから、二人三脚《ににんさんきゃく》はこのわたくしが響様《ひびきさま》と走《はし》りました。やっぱり、わたくしと響様《ひびきさま》は、最高《さいこう》のカップルですわねえ」

リリカは扇《おうぎ》を口元《くちもと》にやり、そっぽを向《む》いて告《つ》げた。

「ありがと」

自分《じぶん》の穴《あな》をリリカが埋《う》めてくれたことに、アリスは素直《すなお》に感謝《かんしゃ》する。

「もっとも〜っと、感謝《かんしゃ》するがいいですわ！」

リリカは胸《むね》を張《は》った。

「うん。おかげでクラスには迷惑《めいわく》がかからなかったんだよね」

「でもですね」

計太《けいた》がやってきて、スマートフォンで撮影《さつえい》したリリカと響《ひびき》のゴールシーンをアリスに見《み》せる。

「ビリから2番目《ばんめ》ですよ。さすがの響君《ひびきくん》でも、赤妃《あかひ》さんと一緒《いっしょ》だと——」

「計太《けいた》！　あなたはどうして、いつもいつもいつもいつもよけいなことを⁉」

リリカはまた計太《けいた》の鼻《はな》にグリグリと扇《おうぎ》を押《お》しつけた。

ヘンゼルとグレーテルは警察《けいさつ》には捕《つか》まらなかったが、その後《ご》も運動会《うんどうかい》は無事《ぶじ》に続《つづ》き、C組《シーぐみ》は戻《もど》ってきた憩《いこい》の活躍《かつやく》で2位《い》に浮上《ふじょう》した。

そして。

「全員集《ぜんいんあつ》まって！　ダンスが始《はじ》まるよ」

2年生最後《ねんせいさいご》の種目《しゅもく》、ダンスの時間《じかん》になった。C組全員《シーぐみぜんいん》が校庭《こうてい》の真《ま》ん中《なか》に出《で》る。

「ほら」

響《ひびき》の前《まえ》に立《た》っていたリリカが、アリスをグイッと押《お》して場所《ばしょ》を変《か》わった。

「……え？」

アリスは戸惑《とまど》いを隠《かく》せない。

「二人三脚《ににんさんきゃく》は、わたくしが響様《ひびきさま》を独占《どくせん》したのですから、ダンスはあなたに譲《ゆず》ってあげます」

リリカは言《い》った。

「赤妃《あかひ》さん……」

「勘違《かんちが》いしないことですわね！　わたくしは借《か》りを作《つく》るのが嫌《きら》いなだけ！　それに――」

リリカはP《ピー》・P《ピー》・ジュニアのところに駆《か》けていくと、そのヒレをつかんだ。

「わたくしはP様《ピーさま》と踊《おど》ることにします。これからフィッナ〜レまでは、リリカの、リリカによる、リリカのためのP様独占《ピーさまどくせん》タ〜イムですわ！」

「ピキィ〜ッ！」

P《ピー》・P《ピー》・ジュニアは逃《に》げようとしたが、遅《おそ》かった。

「相変《あいか》わらず自由《じゆう》な人《ひと》だね、赤妃《あかひ》さんって」

アリスの手《て》を取《と》った琉生《るい》がウインクする。

「あの……よろしくお願《ねが》いします」

ダンスの前奏《ぜんそう》が始《はじ》まると、アリスは思《おも》わず琉生《るい》に向《む》かってお辞儀《じぎ》していた。

「こちらこそ」

琉生《るい》は音楽《おんがく》に合《あ》わせて、アリスを優雅《ゆうが》にリードする。

その隣《となり》では——。

「助《たす》けて〜、アリス〜！」

リリカに抱《だ》きしめられ、振《ふ》り回《まわ》されるP《ピー》・P《ピー》・ジュニアが悲鳴《ひめい》を上《あ》げていた。

ファイル・ナンバー1

トリック・オア・トリート！

どこかわからない暗闇《くらやみ》の中《なか》で――。

不気味《ぶきみ》な目《め》と鼻《はな》と口《くち》が、浮《う》かび上《あ》がっていた。

よく見《み》ると、中《なか》をくりぬかれ、ロウソクを灯《とも》されたカボチャである。

「お菓子《かし》をくれないとイタズラするぞ（トリック・オア・トリート）～」

カボチャはククククと笑《わら》った。

＊　　＊　　＊

「探偵料《たんていりょう》がまともにもらえそうな依頼《いらい》は……久《ひさ》しぶりな気《き》がします」

アリスは東京《とうきょう》のTV《テレビ》局《きょく》『フリージング・チャンネル』のビルを見上《みあ》げていた。

「アリス、それを言《い》ったらおしまいですよ～」

隣《となり》のＰ《ピー》・Ｐ《ピー》・ジュニアが、丸《まる》い肩《かた》をすくめる。

「それにしても――」

（……車《くるま》が多《おお》い。人《ひと》が多《おお》い。足《あし》が速《はや》い。みんなスマートフォン見《み》てる）

しばらくぶりの都心《としん》の風景《ふうけい》に、アリスはそんな感想《かんそう》を抱《いだ》いていた。

「うちの探偵社《たんていしゃ》の支部《しぶ》も、こういうところに作《つく》ればもっと依頼《いらい》が増《ふ》えるんですがね～」

Ｐ《ピー》・Ｐ《ピー》・ジュニアはクチバシをまわりの高層《こうそう》ビルに向《む》けて、うらめしそうな顔《かお》をする。

「ししょ～、それを言《い》ったらおしまい。ところで……ここはもしかして『ミステリー・プリンス』のＴＶ局《テレビきょく》？」

アリスはＰ《ピー》・Ｐ《ピー》・ジュニアに聞《き》いた。

『ミステリー・プリンス』は、クラスメートの響琉生《ひびきるい》が出演《しゅつえん》している推理《すいり》バラエティー番組《ばんぐみ》。

アリスも毎週《まいしゅう》、見《み》るようにしているのだ。

「ええ。今回《こんかい》の依頼人《いらいにん》は、その『ミステリー・プリンス』のディレクターさん。ほら、あのワガママ～な人《ひと》ですよ」

P《ピー》・P《ピー》・ジュニアはクチバシを小《ちい》さく横《よこ》に振《ふ》ると、さっそく中《なか》へと入《はい》る。

「ここがテレビこきゅ……と、さっそく噛《か》んで落《お》ち込《こ》む」

TV局《テレビきょく》を訪《おとず》れるのは初《はじ》めてのアリスは、ガチガチに緊張《きんちょう》しながら後《あと》に続《つづ》いた。

「あの〜」

P《ピー》・P《ピー》・ジュニアはTV局《テレビきょく》の中《なか》の正面《しょうめん》ロビー受付《うけつけ》まで来《く》ると、アリスに持《も》ち上《あ》げてもらって受付係《うけつけがかり》のお姉《ねえ》さんに声《こえ》をかけた。

「お笑《わら》い芸人《げいにん》の方《かた》でしたら、楽屋《がくや》は——」

受付係《うけつけがかり》のお姉《ねえ》さんはアリスたちを見《み》るなり、右手《みぎて》のエレベーターを手《て》のひらで指《さ》し示《しめ》す。

「このハンサムなペンギンに失礼《しつれい》な！　お笑《わら》い芸人《げいにん》じゃありません！　ディレクターの高南《たかなみ》つららさんと約束《やくそく》があるんです！」

P《ピー》・P《ピー》・ジュニアは、ちょっとふくれっ面《つら》になった。

「少々《しょうしょう》お待《ま》ちを」

受付《うけつけ》の人《ひと》は電話《でんわ》をかけてから、アリスとP《ピー》・P《ピー》・ジュニアにニッコリと微笑《ほほえ》み、ゲスト用《よう》の入場許可証《にゅうじょうきょかしょう》を渡《わた》した。

「では、6階《かい》の受付《うけつけ》の方《ほう》にお回《まわ》りください」

エレベーターで6階《かい》に着《つ》くと、アリスたちは会議室《かいぎしつ》に通《とお》された。壁《かべ》のそばにホワイト・ボードがあり、折《お》りたたみの机《つくえ》と椅子《いす》が置《お》いてある。

「お待《ま》たせ〜。ちょっと会議《かいぎ》がのびちゃって」

10分《ぷん》ほどして、アリスも顔見知《かおみし》りの女性《じょせい》が姿《すがた》を現《あらわ》した。

「じゃ、改《あらた》めて自己紹介《じこしょうかい》ね。私《わたし》はこの局《きょく》のバラエティー部門《ぶもん》ディレクター、高南《たかなみ》つらら」

手《て》にしたファイルを机《つくえ》にドサッと置《お》き、スーツ姿《すがた》のつららは名刺《めいし》をP《ピー》・P《ピー》・ジュニアに渡《わた》すと座《すわ》りながら尋《たず》ねた。

「さっそくだけど、『ブラボー!　パティシエール!』って見《み》たことある?」

「ありません」

ミステリー・チャンネルしか見《み》ないP《ピー》・P《ピー》・ジュニアは、クチバシを横《よこ》に振《ふ》った。

「……あります」

アリスは肩《かた》の高《たか》さまで手《て》を上《あ》げた。

女《おんな》の子《こ》のグループが、毎回《まいかい》テーマに沿《そ》ったスイーツを作《つく》り、対決《たいけつ》する番組《ばんぐみ》である。

「なら、あなたが後《あと》でジュニアに説明《せつめい》して」

つららはそうアリスに命《めい》じると、ファイルに綴《と》じられていた1通《つう》の手紙《てがみ》をP《ピー》・P《ピー》・ジュニアの前《まえ》に置《お》いた。

「その『ブラボー！　パティシエール！』、略《りゃく》して『ブラパテ』にこの手紙《てがみ》が来《き》たの」

「手書《てが》きですか？　今《いま》どき、珍《めずら》しいですねえ？」

P《ピー》・P《ピー》・ジュニアは手紙《てがみ》を広《ひろ》げる。

「メールじゃ……ないんだ？」

アリスも手紙《てがみ》をのぞき込《こ》んだ。

その手紙《てがみ》には——


『ブラパテ』にハロウィンの呪《のろ》いが降《ふ》りかかる。番組《ばんぐみ》を止《や》めろ。

さもなくば、出演者《しゅつえんしゃ》には世《よ》にも恐《おそ》ろしい悲劇《ひげき》が訪《おとず》れるだろう。

ジャック・オー・ランタン

と、ある。

ジャック・オー・ランタンのことは、アリスも知《し》っている。

ハロウィンの夜《よる》に飾《かざ》る、中《なか》をくりぬいてロウソクの明《あ》かりを灯《とも》したカボチャのことだ。

ハロウィンは10月《がつ》31日《にち》。

その夜《よる》、子供《こども》たちは思《おも》い思《おも》いの扮装《ふんそう》で「お菓子《かし》をくれないとイタズラするぞ（トリック・オア・トリート」と言《い》いながら近所《きんじょ》の家《いえ》を回《まわ》り、お菓子《かし》をもらうのだ。

アリスも、アメリカの小学校《しょうがっこう》に通《かよ》っていた――といっても週《しゅう》に1、2回《かい》だが――時《とき》に、ジャック・オー・ランタンを作《つく》ったことがある。

でも、とんでもなく恐《おそ》ろしげに出来上《できあ》がったそのジャック・オー・ランタンを見《み》たまわりの子《こ》が泣《な》き出《だ》して、先生《せんせい》に怒《おこ》られたのだ。

「なるほど……これは脅迫状《きょうはくじょう》ですね？」

P《ピー》・P《ピー》・ジュニアは、つららの顔《かお》を見上《みあ》げた。

「イタズラや嫌《いや》がらせの手紙《てがみ》は珍《めずら》しくないけど、なんだか、悪《わる》い予感《よかん》がするのよね」

つららは頷《うなず》いた。

「この文章《ぶんしょう》から察《さっ》するに、ジャック・オー・ランタンを名乗《なの》る犯人《はんにん》は、ハロウィン特集《とくしゅう》の回《かい》を狙《ねら》うはずです。ハロウィン特集《とくしゅう》の収録《しゅうろく》はいつですか？」

と、P《ピー》・P《ピー》・ジュニア。

「今日《きょう》よ。だから呼《よ》んだの。局《きょく》としては、脅迫《きょうはく》に負《ま》けて番組《ばんぐみ》を止《や》めるなんてことはできないしね。引《ひ》き受《う》けてくれる？」

「このジャック・オー・ランタンを捕《つか》まえて、事件《じけん》を防《ふせ》ぐんですね？」

「その通《とお》り。あと、今日《きょう》のゲスト審査員《しんさいん》は琉生《るい》だけど、彼《かれ》には何《なに》も知《し》らせないようにね」

つららはウインクした。

「え〜っ！　探偵《たんてい》シュヴァリエも、この番組《ばんぐみ》に出《で》るんですか〜？」

P《ピー》・P《ピー》・ジュニアは心底嫌《しんそこいや》そうな顔《かお》になる。

「だったら、あいつに捜査《そうさ》させればいいでしょう？」

「探偵《たんてい》シュヴァリエが危険《きけん》な目《め》に遭《あ》うのは、局《きょく》として困《こま》るのよ。それ以上《いじょう》に困《こま》るのは、彼《かれ》が事《じ》件《けん》を解決《かいけつ》しようとしてジャック・オー・ランタンの犯行《はんこう》を防《ふせ》げなかった場合《ばあい》に――」

つららは眉《まゆ》をひそめ、人差《ひとさ》し指《ゆび》をP《ピー》・P《ピー》・ジュニアの目《め》の前《まえ》で立《た》てる。

「シュヴァリエの評判《ひょうばん》と『ミステリー・プリンス』の視聴率《しちょうりつ》は、間違《まちが》いなくガタ落《お》ちよ。まあ、その点《てん》、ペンギン君《くん》なら、ジャック・オー・ランタンに捕《つか》まってオーブンで丸焼《まるや》きになっても笑《わら》い話《ばなし》ですむし」

「ピキ〜ッ！　笑《わら》い話《ばなし》じゃありません！」

P《ピー》・P《ピー》・ジュニアはヒレを振《ふ》って猛烈《もうれつ》に抗議《こうぎ》すると、椅子《いす》から飛《と》び降《お》り、アリスの腕《うで》を取《と》ってドアの方《ほう》に向《む》かう。

「この人《ひと》やっぱり嫌《きら》いです！　アリス、帰《かえ》りますよ！」

「……もしジャック・オー・ランタンを捕《つか》まえて番組《ばんぐみ》を守《まも》ってくれたら、これだけ出《だ》すわ」

つららは契約書《けいやくしょ》を出《だ》し、サラサラッと金額《きんがく》を書《か》き込《こ》んで机《つくえ》に置《お》いた。

「その代《か》わり、お手柄《てがら》はシュヴァリエのものってことでヨロシク」

「う〜、インチキじゃないですか？」

P《ピー》・P《ピー》・ジュニアは振《ふ》り返《かえ》って、つららをにらむ。

「それがTV《テレビ》ってものでしょ？」

つららは開《ひら》き直《なお》った。

「で、どうなの、やってくれるの?」

「……この私《わたし》、P《ピー》・P《ピー》・ジュニアは、名探偵《めいたんてい》としてのプライドを大切《たいせつ》にしてるんです」

P《ピー》・P《ピー》・ジュニアは、つららに背中《せなか》を向《む》けた。

「ししょ〜……」

アリスは感動《かんどう》する。

「でも、お金《かね》はもっと大切《たいせつ》です」

P《ピー》・P《ピー》・ジュニアはクルッと向《む》き直《なお》ると、契約書《けいやくしょ》を引《ひ》き寄《よ》せてサササッとサインした。

「ししょ〜、情《なさ》けない」

アリスの感動《かんどう》は、2秒《びょう》しか続《つづ》かなかった。

「それじゃ」

つららは契約書《けいやくしょ》をファイルに挟《はさ》み、パタッと閉《と》じる。

「あんたたちには、『ブラパテ』の出演者《しゅつえんしゃ》になってもらうわ。こちらの動《うご》きがバレないように他《ほか》のチームとスイーツ対決《たいけつ》しながら、ジャック・オー・ランタンを捜《さが》して」

「ほう、潜入捜査《せんにゅうそうさ》ですね」

P《ピー》・P《ピー》・ジュニアはキラリと瞳《ひとみ》を光《ひか》らせる。

一方《いっぽう》。

アリスは凍《こお》りつき、25秒《びょう》ほどしてから首《くび》を左右《さゆう》にブルブルと振《ふ》った。

「…………いや……いやいや無理《むり》かと。TV出演《テレビしゅつえん》など、私《わたし》にはおそれ多《おお》いので」

アリスは自分《じぶん》の姿《すがた》に自信《じしん》がない。ファッション・センスにも自信《じしん》がない。

何《なに》から何《なに》まで自信《じしん》がない、ということには自信《じしん》がある。

「はあ？　今《いま》さら何言《なにい》ってんの？」

つららは呆《あき》れ顔《がお》で髪《かみ》をかき上《あ》げる。

「あんたさ、事件《じけん》が起《お》こるたびに琉生《るい》のそばにいるから、『ミステリー・プリンス』の番組内《ばんぐみない》で何度《なんど》も見切《みき》れてるわよ」

「…………そ、それは事実《じじつ》で？」

「嘘《うそ》ついてどうすんの？」

TV《テレビ》では、チラリと画面《がめん》の端《はし》に映《うつ》ることを「見切《みき》れる」と言《い》うらしい。

アリス自身《じしん》は、今《いま》まで自分《じぶん》がそんなことになっているとはぜんぜん気《き》がついていなかったのだが。

「でも、それとこれとは……」

ハプニングで映《うつ》るのと、TV《テレビ》カメラを向《む》けられるのは別《べつ》の話《はなし》だ、とアリスは思《おも》う。

「まあ、TV的《テレビてき》には地味《じみ》っ子《こ》のあんたより、アリス・リドルっていったっけ？　あっちの助手《じょしゅ》の方《ほう》がマシかなあとは思《おも》うけど？」

つららは肩《かた》をすくめた。

「ど〜します？」

P《ピー》・P《ピー》・ジュニアはアリスにささやく。

「……同一人物《どういつじんぶつ》なので、どっちでも恥《は》ずかしいのは同《おな》じです」

あきらめたアリスは深《ふか》いため息《いき》とともにトイレに行《い》き、鏡《かがみ》を取《と》り出《だ》した。

＊　＊　＊

「アリス・リドル登場《エンター・アリス・リドル》」

鏡《かがみ》の国《くに》に入《はい》ったアリスは、アリス・リドルの姿《すがた》に変身《へんしん》すると、膝《ひざ》を抱《かか》えてグランドピアノの上《うえ》に座《すわ》り、ちょっと考《かんが》え込《こ》んだ。

(服《ふく》、これでいいのかな？)

エプロンはともかく、このフワリとしたスカートは、キッチンでお菓子作《かしづく》りをするのにあんまり向《む》いてないように思《おも》えるのだ。

と、ちょうどその時《とき》。

ふわふわ浮《う》いたソファーが、アリスの方《ほう》に漂《ただよ》ってきた。

ソファーの上《うえ》では、何《なに》か丸《まる》いものがゴロンゴロンと転《ころ》がって——

「ふん！　ふん！　ふん！」

と、声《こえ》にならない声《こえ》を上《あ》げていた。

「……ハンプティ・ダンプティ？」

アリスは眉《まゆ》をひそめた。

転《ころ》がっていたのは、細《ほそ》い手足《てあし》と顔《かお》がついた大《おお》きなタマゴ。

名前《なまえ》はハンプティ・ダンプティといい、鏡《かがみ》の国《くに》の仕立屋《したてや》さんなのだ。

「……何《なに》をしてるの？」

ゴロンゴロンしているハンプティ・ダンプティに、アリスは声《こえ》をかける。

「やあ、アリス！　ちょっと太《ふと》っちゃったので、ダイエットのために体操《たいそう》を」

ハンプティ・ダンプティは起《お》き上《あ》がった。

どうやら転《ころ》がっているのではなく、腹筋《ふっきん》をしていたようだ。

「……ダイエット？」

アリスは首《くび》をひねった。

ハンプティ・ダンプティは、もともとこれ以上太《いじょうふと》れないほど太《ふと》っていた。

だから、アリスにはどこがどう太《ふと》ったのか、さっぱりわからない。

「このスマートな体《からだ》を保《たも》つには、それなりの努力《どりょく》がいるんだよね」

ハンプティ・ダンプティはソファーから下《お》りると、アリスに尋《たず》ねた。

「で、その困《こま》ったような顔《かお》は、ボクに頼《たの》みごとがあるんじゃないかい？」

「あのね、お菓子《かし》を作《つく》る番組《ばんぐみ》に出《で》なくちゃならなくて――」

アリスはスカートをつまんだ。

「でも、このスカートだと」

「つまりお菓子作《かしづく》りにピッタリの服《ふく》が欲《ほ》しいんだね？　そんな服《ふく》、簡単《かんたん》には——」

ハンプティ・ダンプティは難《むずか》しい顔《かお》をしてアリスのまわりを一周《いっしゅう》すると、パチンと指《ゆび》を鳴《な》らして踊《おど》りだした。

「作《つく》れちゃうんです！　コーカス・ダンス、コーカス・ダ～ンス！　みんな楽《たの》しいコーカス・ダンス！」

ハサミと糸《いと》と針《はり》、それにきれいな布地《ぬのじ》が目《め》の前《まえ》に現《あらわ》れると、ハンプティ・ダンプティの歌《うた》と踊《おど》りに合《あ》わせ、楽《たの》しそうに跳《は》ね回《まわ》りながらドレスを仕立《した》てていく。

アリスがソファーに座《すわ》り、少《すこ》し待《ま》っていると。

「……はい、完成《かんせい》！」

仕上《しあ》がった白《しろ》いコックコートと帽子《ぼうし》が、ふわりとハンプティ・ダンプティの手《て》の上《うえ》に落《お》ちてきた。

「このゴージャスなコックコートは、パティシエールとしての腕前《うでまえ》がアップする機能付《きのうつ》きだよ！　これに着替《きが》える時《とき》には、いつものように——」

ハンプティ・ダンプティはウインクする。

「うう、非常《ひじょう》に恥《は》ずかしいですが」

アリスは頷《うなず》き、小《ちい》さく頭《あたま》を振《ふ》ってから変身《へんしん》の呪文《じゅもん》を唱《とな》えた。

「……ワンダー・チェンジ」

光《ひかり》に包《つつ》まれたアリスはアリス・リドルから、さらに別《べつ》の姿《すがた》になる。

真珠貝《しんじゅがい》のボタンが付《つ》いた白衣《はくい》に、高《たか》い筒《つつ》のような帽子《ぼうし》、パティシエの服装《ふくそう》だ。

「ありがと」

アリスはクルッと回《まわ》ってみてからお礼《れい》を言《い》う。

「おいしいお菓子《かし》ができたら、ボクにも持《も》ってきてね～」

ハンプティ・ダンプティは手《て》を振《ふ》った。

（……ダイエット中《ちゅう》のはずでは？）

と思《おも》いつつ、アリスはこちらの世界《せかい》へと戻《もど》った。

＊　＊　＊

「へえ、用意《ようい》がいいわね」

会議室《かいぎしつ》に戻《もど》ったコックコート姿《すがた》のアリスを見《み》ると、つららは感心《かんしん》したように目《め》を細《ほそ》めて立《た》ち上《あ》がった。

「じゃ、これから番組《ばんぐみ》のスタッフや出演者《しゅつえんしゃ》と会《あ》わせるから」

「あの……」

アリスは学校《がっこう》で質問《しつもん》する時《とき》のように手《て》を上《あ》げた。

「何《なに》か質問《しつもん》？」

扉《とびら》に向《む》かいかけていたつららは振《ふ》り返《かえ》る。

「……『ブラパテ』は女《おんな》の子《こ》のチームで戦《たたか》うはず。でも、ししょ～は女《おんな》の子《こ》じゃないけど？」

アリスはＰ《ピー》・Ｐ《ピー》・ジュニアを指《ゆび》さす。

「わっかりゃしないわよ、ペンギンのオスメスなんて」

つららは手《て》のひらをひらひらと振《ふ》った。

「この人《ひと》、ペンギンを何《なん》だと思《おも》ってるんでしょ？」

Ｐ《ピー》・Ｐ《ピー》・ジュニアは丸《まる》い肩《かた》をすくめ、ため息《いき》をついた。

スタジオに入《はい》ると、つららがレギュラーの出演者《しゅつえんしゃ》を紹介《しょうかい》した。

まず、P《ピー》・P《ピー》・ジュニアとアリスに手《て》を差《さ》し出《だ》したのは、きれいな黒髪《くろかみ》のすらりとした女《おんな》の人《ひと》だ。

「司会《しかい》の瑞野明璃《みずのあかり》です。今日《きょう》はお願《ねが》いしますね」

明璃《あかり》はアリスもたまにバラエティー番組《ばんぐみ》で見《み》る人《ひと》で、この局《きょく》の人気《にんき》アナウンサーである。

「お願《ねが》いされました〜。あとでサインくださいね〜」

手《て》を握《にぎ》られたP《ピー》・P《ピー》・ジュニアは思《おも》わずデレ〜ッとなり、隣《となり》のアリスがそれに白《しろ》い目《め》を向《む》ける。

「で、こちらが番組《ばんぐみ》のレギュラー審査員《しんさいん》、料理評論家《りょうりひょうろんか》の轟大福先生《とどろきだいふくせんせい》よ。今回《こんかい》の収録《しゅうろく》には琉生《るい》の他《ほか》にもうひとりアイドルの女《おんな》の子《こ》が参加《さんか》するけど、忙《いそが》しいらしくてスタジオ入《い》りは収録直前《しゅうろくちょくぜん》になるわね」

そう告《つ》げながらつららが引《ひ》き合《あ》わせたのは、態度《たいど》の大《おお》きな和服姿《わふくすがた》のおじさんだった。

「轟大福《とどろきだいふく》である！　この度《たび》の件《けん》はディレクターから聞《き》いておる！　この轟《とどろき》の番組《ばんぐみ》を脅《おど》すとは言《ごん》

語道断不届き千万《ごどうだんふとどきせんばん》！　おぬしら、ただちにひっ捕《と》らえるがいい！」

轟《とどろき》の声《こえ》は、マイクなしでもスタジオ中《じゅう》に響《ひび》くほど大《おお》きく、アリスは耳《みみ》が痛《いた》くなる。

そんなアリスに、P《ピー》・P《ピー》・ジュニアが告《つ》げた。

「……このスタジオ、凶器《きょうき》になるものだらけですね。要注意《ようちゅうい》ですよ」

確《たし》かに。

刃物《はもの》はたくさんあるし、調味料《ちょうみりょう》の瓶《びん》に毒《どく》を入《い》れることもできる。狙《ねら》った相手《あいて》にひどいアレルギーがあれば、料理《りょうり》にその食材《しょくざい》を入《い》れるだけで発作《ほっさ》を起《お》こすことだってできるのだ。

P《ピー》・P《ピー》・ジュニアはデレデレしていたように見《み》せかけて、どうやらちゃんとスタジオの様子《ようす》を観察《かんさつ》していたらしい。

「番組《ばんぐみ》の進行《しんこう》はわかってるかしら？」

司会《しかい》の明璃《あかり》がアリスに優《やさ》しく尋《たず》ねた。

「……な、なんとなく」

アリスはいつもボ～ッと見《み》ていただけなので、あんまり自信《じしん》がない。

「生《なま》クリームやフルーツ、ミルク、チョコレート、お菓子《かし》作《づく》りの材料《ざいりょう》はたいていそろっているから、そこから選《えら》んでテーマに合《あ》ったスイーツを3時間内《じかんない》に作《つく》るのがルール。番組《ばんぐみ》は1時間《じかん》だから、後《あと》で編集《へんしゅう》して縮《ちぢ》めるのよ」

明璃《あかり》は丁寧《ていねい》に説明《せつめい》しながら、調理台《ちょうりだい》の上《うえ》を見《み》た。

「今回《こんかい》はハロウィンがテーマだから、いつもの材料《ざいりょう》の他《ほか》にパンプキンが加《くわ》わってるわね」

アリスはセットにもカボチャがたくさん使《つか》われていることに気《き》がついていた。

カボチャといっても、飾《かざ》られているのはオレンジ色《いろ》のパンプキンである。

日本《にほん》で普通《ふつう》に食《た》べられている緑《みどり》のカボチャとは、ちょっと種類《しゅるい》が違《ちが》うらしい。

「出来上《できあ》がったスイーツをゲストと轟先生《とどろきせんせい》が試食《ししょく》して、優勝《ゆうしょう》チームを決《き》めるの。あなたたちもがんばってね」

「はい！　がんばりますよ〜！」

P《ピー》・P《ピー》・ジュニアは愛想《あいそ》のいい笑顔《えがお》を明璃《あかり》に見《み》せた。

「ジャック・オー・ランタンの捜査《そうさ》を優先《ゆうせん》で」

アリスはいちおう、口《くち》を挟《はさ》んでおく。

と、その時《とき》。

「こんなところで会《あ》うなんて」

アリスたちの背中《せなか》で、聞《き》き慣《な》れた声《こえ》がした。

振《ふ》り返《かえ》ると、そこには驚《おどろ》いたような表情《ひょうじょう》で立《た》つ琉生《るい》の姿《すがた》があった。

「もしかしてスタジオ見学《けんがく》？」

琉生《るい》は早足《はやあし》で近《ちか》づいてきてアリスに尋《たず》ねた。

「ええと……」

アリスはとっさに嘘《うそ》をついたり、言《い》い訳《わけ》したりするのがうまくない。

どう答《こた》えようか考《かんが》えると、視線《しせん》が泳《およ》ぐのだ。

「このふたりは参加者《さんかしゃ》なの」

アリスに代《か》わって、つららが答《こた》える。

「へえ、アリス君《くん》のスイーツか。楽《たの》しみだね」

琉生《るい》は微笑《ほほえ》み、それからアリスをじっと見《み》つめた。

「その服《ふく》、すごく似合《にあ》ってるよ」

「え？　いえ、その……まことに光栄《こうえい》な」

褒《ほ》められることに慣《な》れていないアリスは、真《ま》っ赤《か》になってうつむく。

「そういうふうに恥《は》ずかしがるの、何《なん》となくだけど夕星《ゆうずつ》さんに似《に》ているよね？」

夕星《ゆうずつ》アリスとアリス・リドルが同《おな》じ人物《じんぶつ》であることを知《し》らない琉生《るい》は、不思議《ふしぎ》そうに目《め》を細《ほそ》める。

「それは………ぐ、偶然《ぐうぜん》？」

アリスは本当《ほんとう》に、言《い》い訳《わけ》がうまくない。

「とにかく！」

P《ピー》・P《ピー》・ジュニア《エニィウェイ》が、アリスと琉生《るい》の間《あいだ》に割《わ》り込《こ》んでくれた。

「私《わたし》たちはあなたがあっと驚《おどろ》くようなスイーツをお目《め》にかけますから、驚《おどろ》いちゃいけませんよ！」

「……えっと？　僕《ぼく》は驚《おどろ》けばいいのかな、それとも驚《おどろ》いたらいけないのかな？」

琉生《るい》は苦笑《くしょう》を浮《う》かべる。

「琉生《るい》、審査員《しんさいん》が参加者《さんかしゃ》と話《はな》したらダメでしょ！　不公平《ふこうへい》よ！」

つららが琉生《るい》の首根《くびね》っこをつかんだ。

「そ、そうだね。じゃあまた！」

琉生《るい》は控《ひか》え室《しつ》の方《ほう》にズルズルと引《ひ》きずられていく。

アリスはその様子《ようす》にクスリと笑《わら》うと、もう一度《いちど》セットを見渡《みわた》した。

天井《てんじょう》から下《さ》がった大《おお》きなナイフとフォークに、人《ひと》が入《はい》れるくらい大《おお》きな飾《かざ》りのオーブン。

背景《はいけい》に描《えが》かれているのは、西洋風《せいようふう》のお墓《はか》や棺桶《かんおけ》、それにコウモリと魔女《まじょ》に、ちょっと可愛《かわい》らしいモンスターたちだ。

ここまでは最初《さいしょ》に見《み》た時《とき》と変《か》わっていない。

だけど。

（……え？）

考《かんが》えるのは遅《おそ》いけれど、アリスの記憶力《きおくりょく》は抜群《ばつぐん》。一度《いちど》見《み》た光景《こうけい》は決《けっ》して忘《わす》れない。

机《つくえ》の上《うえ》のペンの位置《いち》が、数《すう》ミリずれていただけでも気《き》がつくのである。

そんなアリスの視線《しせん》がとらえたのは、セットの一部《いちぶ》の大《おお》きなカボチャの山《やま》だった。

誰《だれ》もそばに行《い》っていないし、触《さわ》っていないはずなのに、一番上《いちばんうえ》のカボチャの向《む》きが少《すこ》し変《か》わっているのだ。

「ししょ〜、カボチャが動《うご》いた！」

アリスはカボチャを指《ゆび》さした。

「まさかもう⁉」

P《ピー》・P《ピー》・ジュニアはカボチャの方《ほう》に向《む》かって走《はし》り出《だ》す。

すると。

「お菓子《かし》をくれないとイタズラするぞ〜っ（トリック・オア・トリート）！」

カボチャの山《やま》が崩《くず》れ、その下《した》から誰《だれ》かが飛《と》び出《だ》してきた。

目《め》と口《くち》と鼻《はな》がくりぬかれたカボチャをかぶり、タキシードに黒《くろ》いマントを羽織《はお》った人物《じんぶつ》だ。

「ジャック・オー・ランタン参上《さんじょう》！　お前《まえ》たち、よく見破《みやぶ》ったな！　だが、私《わたし》は捕《つか》まらないぞ、まだまだだな！」

腰《こし》に手《て》を当《あ》てて名乗《なの》ったジャック・オー・ランタンはアリスたちに背《せ》を向《む》けると、マントをひるがえして逃《に》げてゆく。

「アリス！」

「うん」

P《ピー》・P《ピー》・ジュニアとアリスは、ジャック・オー・ランタンの後《あと》を追《お》いかけた。

だが、スタジオを出《で》て、廊下《ろうか》の角《かど》を曲《ま》がったところで。

「……消《き》えた？」

「いませんね」

ひとりと1羽《わ》はジャック・オー・ランタンを見失《みうしな》ってしまった。

*　*　*

「うにゅにゅ～。すでに入《はい》り込《こ》んでいたとは、ジャック・オー・ランタン、なかなかやりますね」

控《ひか》え室《しつ》に入《はい》ったP《ピー》・P《ピー》・ジュニアは、悔《くや》しそうに黄色《きいろ》い足《あし》で床《ゆか》をパタパタ叩《たた》いた。

「警備《けいび》の人《ひと》たちが捜《さが》し回《まわ》っているけど、まだ見《み》つからないみたい」

アリスも頷《うなず》くと、パティシエールの帽子《ぼうし》の傾《かたむ》きを直《なお》して考《かんが》え込《こ》む。

「……何《なに》が狙《ねら》い、なのかな？」

「脅迫状《きょうはくじょう》には、お金《かね》を払《はら》えとか書《か》いてませんでしたから――」

P《ピー》・P《ピー》・ジュニアは歩《ある》き回《まわ》りながらうなった。

「おそらく目的《もくてき》はただひとつ、番組《ばんぐみ》をつぶすことでしょう。となるとジャック・オー・ランタンの正体《しょうたい》は、番組関係者《ばんぐみかんけいしゃ》に恨《うら》みのある人物《じんぶつ》かもしれませんよ」

「何《なに》か見落《みお》としていないかな？」

鏡《かがみ》の国《くに》で推理《すいり》をまとめようと、アリスはポシェットの中《なか》から手鏡《てかがみ》を取《と》り出《だ》す。

「鏡《ミラー》よ、かが《ミ》――」

だが、ちょうどその時《とき》。

いきなり扉《とびら》が開《あ》いて、控《ひか》え室《しつ》に琉生《るい》が入《はい》ってきた。

「ペンギン君《くん》」

「とととっ！」

アリスはあわてて鏡《かがみ》をしまう。

「いけませんね、探偵《たんてい》シュヴァリエ。あなたはゲストの審査員《ジャッジ》なんですから、公平《こうへい》を期《き》すためにも私《わたし》たちとは話《はな》さないようにしないと」

P《ピー》・P《ピー》・ジュニアはクチバシを横《よこ》に振《ふ》った。

「ごまかしてもダメだよ。いったい何《なに》が起《お》きているんだ？」

琉生《るい》はＰ《ピー》・Ｐ《ピー》・ジュニアに詰《つ》め寄《よ》る。

「それは……ディレクターさんに聞《き》いてください」

Ｐ《ピー》・Ｐ《ピー》・ジュニアはそっぽを向《む》いた。

「アリス・リドル君《くん》？」

琉生《るい》はアリスを振《ふ》り返《かえ》る。

「……ごめんなさい。約束《やくそく》だから言《い》えない」

アリスも視線《しせん》をそらすしかなかった。

「やっぱり。ディレクターの差《さ》し金《がね》なんだね？　スタッフが何《なに》も教《おし》えてくれない訳《わけ》だ」

琉生《るい》は眉《まゆ》をひそめる。

するとそこに――。

「ちょっと！　ここで何《なに》してんの!?」

つらが飛《と》び込《こ》んできて、琉生《るい》をにらんだ。

「僕《ぼく》の目《め》をごまかそうとしても無駄《むだ》だよ。ペンギン君《くん》とアリス・リドル君《くん》がここにいるということは、何《なに》か事件《じけん》が起《お》きているんでしょう？」

今度《こんど》は琉生《るい》がつららを問《と》いつめる。

「あんたは今回《こんかい》、関《かか》わっちゃダメ！」

つららは首《くび》を横《よこ》に振《ふ》った。

「それとさっきも言《い》ったけど、番組中《ばんぐみちゅう》にこのふたり、ていうか、1羽《わ》とひとりと知《し》り合《あ》いだって顔《かお》をしないこと。いいわね？」

「よくない！　僕《ぼく》は探偵《たんてい》なんだ！　事件《じけん》なら防《ふせ》ぐ義務《ぎむ》がある！」

琉生《るい》はテーブルをバンと叩《たた》いた。

「私《わたし》の命令《めいれい》が聞《き》けないのなら、警備《けいび》を呼《よ》んで、局《きょく》から放《ほう》り出《だ》すから」

つららはスマートフォンを取《と》り出《だ》す。

「……好《す》きにすればいいさ」

琉生《るい》はつららに背《せ》を向《む》けると、乱暴《らんぼう》に扉《とびら》を閉《し》めて出《で》ていった。

「おや〜、探偵《たんてい》シュヴァリエ君《くん》があ〜んなに感情的《かんじょうてき》になるのは珍《めずら》しいですねえ」

P《ピー》・P《ピー》・ジュニアは目《め》を丸《まる》くして両《りょう》ヒレを広《ひろ》げてみせる。

「ししょ〜、面白《おもしろ》がってる」

アリスはP《ピー》・P《ピー》・ジュニアにとがめるような視線《しせん》を向《む》けた。

「……ほんのちょ〜っと」

「私《わたし》、P《ピー》・P《ピー》・ジュニアは楽《たの》しそうにスキップしながら白状《はくじょう》する。

「私、響君《ひびきくん》を捜《さが》してきます」

アリスはつらにそう告《つ》げて、控《ひか》え室《しつ》をあとにした。


「シュヴァリエ君《くん》」

琉生《るい》は廊下《ろうか》のコーヒーの自動販売機《じどうはんばいき》の前《まえ》にいた。

アリスはそっと声《こえ》をかける。

「飲《の》む？」

琉生《るい》はアリスを見《み》ると、自動販売機《じどうはんばいき》から出《で》てきたコーヒーの紙《かみ》コップを渡《わた》した。

「ども」

アリスは琉生《るい》と並《なら》んでベンチに座《すわ》ると、カップに口《くち》をつける。

「……にが」

コーヒーはブラック。

アリスはP《ピー》・P《ピー》・ジュニアのところに引《ひ》っ越《こ》してきてから、自分《じぶん》でもコーヒーを淹《い》れるようになったが、砂糖《さとう》抜《ぬ》きのコーヒーはまだちょっと苦手《にがて》である。

ふたりはそのまましばらく黙《だま》って座《すわ》っていたが、やがてアリスが口《くち》を開《ひら》いた。

「初《はじ》めて見《み》ました」

「ええっと……何《なに》を？」

琉生《るい》は戸惑《とまど》ったような表情《ひょうじょう》を浮《う》かべる。

「シュヴァリエ君《くん》が、ムキになっているところ」

「……まいったな」

琉生《るい》は苦笑《くしょう》し、額《ひたい》を手《て》のひらで軽《かる》く叩《たた》いた。

「僕《ぼく》はアリス・リドルという探偵《たんてい》のことを、最高《さいこう》のライバルだと思《おも》ってる。だから今回《こんかい》も君《きみ》と推理《すいり》で対決《たいけつ》したかったんだ。けど、言《い》い方《かた》がまずかったことは反省《はんせい》してるよ」

「つらさんって、シュヴァリエ君《くん》にとって、それだけワガママ言《い》える相手《あいて》なんだね？」

アリスはちょっと、うらやましいと思《おも》った。

「さすがだよ。すべてお見通《みとお》しかな？」

「……あのね」

アリスは真《ま》っ直《す》ぐに琉生《るい》を見《み》つめる。

「私《わたし》たちが推理《すいり》を競《きそ》う機会《きかい》は、これからもたくさんあると思《おも》う。つららさんは琉生君《るいくん》が心配《しんぱい》なんだよ。だから今回《こんかい》だけは、私《わたし》たちに任《まか》せて」

「……降参《こうさん》だ」

琉生《るい》はいつもの優《やさ》しい表情《ひょうじょう》に戻《もど》り、両手《りょうて》を上《あ》げた。

「君《きみ》が正《ただ》しい。ディレクターに謝《あやま》るよ」


同《おな》じ頃《ころ》。

「まったく！」

つららはミント・キャンディをまとめて口《くち》に放《ほう》り込《こ》み、バリバリと噛《か》んでいた。

「ずいぶんと過保護《かほご》ですねえ」

そんなつららを見《み》ながら、P《ピー》・P《ピー》・ジュニアはクチバシにヒレを当《あ》ててププッと笑《わら》う。

「琉生《るい》を守《まも》るのは私《わたし》の仕事《しごと》だもの。別《べつ》に憎《にく》まれたって関係《かんけい》ないわよ」

と、窓《まど》の外《そと》に目《め》をやるつらら。

「探偵《たんてい》シュヴァリエは思《おも》ったんじゃないですか？　彼《かれ》よりこの私《わたし》の方《ほう》が頼《たよ》りになると、あなたが考《かんが》えているって」

P《ピー》・P《ピー》・ジュニアは忘《わす》れずに付《つ》け足《た》した。

「まあ確《たし》かに、その通《とお》りなんですが」

「あたしは、琉生《るい》の探偵《たんてい》としての能力《のうりょく》を疑《うたぐ》ったことなんかないわ。でも、心配《しんぱい》だったのよ、それだけ」

「そういうところ、まるでシュヴァリエのお母《かあ》さんみたいですね？」

「お母《かあ》さんじゃなくて！　お姉《ねえ》さんでしょ！」

つららはP《ピー》・P《ピー》・ジュニアの頬《ほ》っぺたをムギュ～ッと引《ひ》っ張《ぱ》った。

「何《なに》するんですか～！　せっかくなぐさめてあげてるのに～っ！」

「ペンギンのなぐさめなんかいらないわよ！　ていうか、いつなぐさめた～っ⁉」

と、つららとP《ピー》・P《ピー》・ジュニアがドタバタつかみ合《あ》いをしているところに。

扉《とびら》がノックされ、アリスと琉生《るい》が戻《もど》ってきた。

「……あのさ」

琉生《るい》はちょっと目《め》をそらしながら、つららに声《こえ》をかける。

「怒《おこ》ってごめん」

「いいって。気《き》にしてないから」

つららもP《ピー》・P《ピー》・ジュニアを放《ほう》り出《だ》し、腕組《うでぐ》みをして琉生《るい》に背中《せなか》を向《む》けた。

「――けど、こっちもごめん」

琉生《るい》とつららは、少《すこ》しして同時《どうじ》にプッと噴《ふ》き出《だ》す。

(……どうやら、仲直《なかなお》り)

ホッとするアリスに、P《ピー》・P《ピー》・ジュニアが声《こえ》をかける。

「さあ、我々《われわれ》は事件《じけん》に戻《もど》りますよ」

「そうしましょう」

アリスは頷《うなず》き、スタジオに戻《もど》った。

「まずは、誰《だれ》が狙《ねら》われたのか聞《き》き込《こ》んでみましょうか?」

アリスたちはみんなに尋《たず》ねて回《まわ》ったが、スタッフの中《なか》には恨《うら》まれている覚《おぼ》えのある人《ひと》はいなかった。

「私《わたし》もそうねえ……誰《だれ》かに狙《ねら》われる覚《おぼ》えはないかな?」

司会《しかい》の瑞野明璃《みずのあかり》も、P《ピー》・P《ピー》・ジュニアに質問《しつもん》されてそう答《こた》える。

「でしょうねえ。となると……」

P《ピー》・P《ピー》・ジュニアは、つららの方《ほう》をじ~っと見《み》つめた。

「な、何《なに》よ? 私《わたし》みたいな優《やさ》しくて有能《ゆうのう》で人気者《にんきもの》のディレクターが、誰《だれ》かに憎《にく》まれたり、嫌《きら》われたり、仕返《しかえ》しされたりする訳《わけ》ないじゃない!」

つららは不満《ふまん》そうにP《ピー》・P《ピー》・ジュニアをにらみ返《かえ》す。

「しょ~、あの人《ひと》も狙《ねら》われそうな」

と、アリスが目《め》を向《む》けたのは評論家《ひょうろんか》の轟大福《とどろきだいふく》だった。

「何《なに》を言《い》う、小娘《こむすめ》が! この轟《とどろき》は公正無私《こうせいむし》! 悪党《あくとう》に後《うし》ろ指《ゆび》さされる覚《おぼ》えなぞない!」

轟《とどろき》は大声《おおごえ》を張《は》り上《あ》げる。

「やっぱり、この性格《せいかく》の悪《わる》そうなふたりのうちの？」

「どちらかのような気《き》がします」

P《ピー》・P《ピー》・ジュニアとアリスは顔《かお》を見合《みあ》わせた。

「ジャック・オー・ランタンは局《きょく》のどこかに姿《すがた》を隠《かく》して、どちらかを狙《ねら》っているはずです。ふたりから目《め》を離《はな》さないようにしましょう」

「うん」

P《ピー》・P《ピー》・ジュニアの言葉《ことば》にアリスは頷《うなず》いた。


やがて。

他《ほか》のゲストや参加者《さんかしゃ》も集合《しゅうごう》して、『ブラボー！　パティシエール！』の収録《しゅうろく》が始《はじ》まった。

「……あうう」

少《すこ》し前《まえ》に簡単《かんたん》なリハーサルがあったことはあった。

だが、女《おんな》の子《こ》でいっぱいの観覧席《かんらんせき》を見渡《みわた》した瞬間《しゅんかん》、セットの陰《かげ》で出番《でばん》を待《ま》っていたアリスの頭《あたま》の中《なか》は、洗《あら》い立《た》てのハンカチよりも真《ま》っ白《しろ》になった。

(犯人《はんにん》よりも……こっちが問題《もんだい》)

心臓《しんぞう》の音《おと》が聞《き》こえるぐらいにドキドキして、何《なん》だか目《め》まいまでしてきたのだ。

「アリス、アリス、しっかりしてください！」

アリスが固《かた》まっているのを見《み》て、P《ピー》・P《ピー》・ジュニアが声《こえ》をかける。

「……ムリです」

アリスが首《くび》をブルブル振《ふ》りながら、なんとか声《こえ》をしぼり出《だ》したその瞬間《しゅんかん》。

番組《ばんぐみ》のオープニングテーマ曲《きょく》が流《なが》れ始《はじ》めた。

「さあ始《はじ》まりました、『ブラボー！　パティシエール！』。明日《あした》、10月《がつ》の31日《にち》といえば～？」

最初《さいしょ》に登場《とうじょう》した明璃《あかり》が、笑顔《えがお》で観覧席《かんらんせき》に声《こえ》をかける。

カメラに映《うつ》らない場所《ばしょ》にいるアシスタント・ディレクターの合図《あいず》に合《あ》わせ、

「ハロウィ～ン！」

という声《こえ》が観覧席《かんらんせき》から返《かえ》ってきた。

「そう、ハロウィンですね！　という訳《わけ》で――」

明璃《あかり》はニッコリして振《ふ》り返《かえ》る。

すると。

背後《はいご》のセットに照明《しょうめい》が当《あ》てられてパッと浮《う》き上《あ》がると同時《どうじ》に、BGM《ビージーエム》もそれらしいホラーっぽいものに変《か》わった。

「今夜《こんや》はハロウィン向《む》けのラブリー・スイーツ特集《とくしゅう》！」

明璃《あかり》がそう宣言《せんげん》すると、スイーツ作《づく》りに挑戦《ちょうせん》する1組目《くみめ》の女《おんな》の子《こ》たちが現《あらわ》れた。

アリスと同《おな》じぐらいの年《とし》の子《こ》たちで、笑顔《えがお》で手《て》をつないでの登場《とうじょう》だ。

「まずは小学校《しょうがっこう》からずっと同《おな》じクラスの仲良《なかよ》しコンビ、ユッキ〜ちゃんとココネちゃん！　ふたりは普段《ふだん》から、一緒《いっしょ》にお菓子作《かしづく》りをしたりするんですか？」

明璃《あかり》が女《おんな》の子《こ》たちに質問《しつもん》する。

「バレンタインデーのチョコも、ふたりで手作《てづく》りしま〜す！」

ふたりは声《こえ》をそろえて答《こた》えた。

アリスがガチガチにアガっているのに、この子《こ》たちは心《こころ》の底《そこ》から楽《たの》しそうだ。

「そしてこちらは、名前《なまえ》がフルーツつながりのお菓子研究会《かしけんきゅうかい》コンビ！　あんずちゃんとモモちやん！」

2番目《ばんめ》に登場《とうじょう》する女《おんな》の子《こ》たちが、明璃《あかり》に紹介《しょうかい》される。

こちらは制服《せいふく》だけどちょっと大人《おとな》な感《かん》じなので、高校生《こうこうせい》だろう。

「お菓子《かし》研究会《けんきゅうかい》として、自信《じしん》のほどは？」

明璃《あかり》がマイクを向《む》けた。

「もちろん勝《か》ちにいきます！」

女《おんな》の子《こ》のひとりが自信《じしん》たっぷりに頷《うなず》く。

「今日《きょう》のために、研究会《けんきゅうかい》のみんなでレシピを研究《けんきゅう》してきました！」

と、もうひとり。

「そして！　最後《さいご》に登場《とうじょう》するのが、探偵助手《たんていじょしゅ》をしているアリス・リドルちゃん！」

明璃《あかり》の紹介《しょうかい》と同時《どうじ》に、アシスタント・ディレクターがアリスたちに進《すす》み出《で》るように合図《あいず》した。

「ほら、アリス」

P《ピー》・P《ピー》・ジュニアが、アリスの手《て》を引《ひ》っ張《ぱ》った。

(き、緊張《きんちょう》を通《とお》り越《こ》して、吐《は》き気《け》が)

アリスは右手《みぎて》と右足《みぎあし》が同時《どうじ》に出《で》る、変《へん》な歩《ある》き方《かた》になっている。

「アリスちゃんのパートナーは、なんとアデリーペンギンちゃんです！」

アリスとP《ピー》・P《ピー》・ジュニアが登場《とうじょう》すると、明璃《あかり》はP《ピー》・P《ピー》・ジュニアにマイクを向《む》けた。

「全世界《ぜんせかい》のペンギンを愛《あい》するみなさ〜ん！　そうです、私《わたし》がかの有名《ゆうめい》な探偵《たんてい》P《ピー》・P《ピー》・ジュニアです！」

アガるということを知《し》らないP《ピー》・P《ピー》・ジュニアは、愛想《あいそ》よく観覧席《かんらんせき》に手《て》を振《ふ》る。

「そしてそして〜！」

明璃《あかり》は続《つづ》けて、審査員席《しんさいんせき》の方《ほう》を振《ふ》り返《かえ》った。

「この3組《くみ》に、運命《うんめい》のジャッジを下《くだ》すのは——」

スポットライトが右手《みぎて》の席《せき》の琉生《るい》に当《あ》たる。

「『ミステリー・プリンス』で世界《せかい》に名《な》を知《し》られる現代《げんだい》のシャーロック・ホームズ！　探偵《たんてい》シユヴァリエ君《くん》！」

「な〜にが現代《げんだい》のホームズです？　そう呼《よ》ばれるのにふさわしいのはこの私《わたし》でしょう？」

小声《こごえ》でP《ピー》・P《ピー》・ジュニアがブツブツつぶやいている間《あいだ》に、明璃《あかり》は次《つぎ》のゲストを紹介《しょうかい》した。

「ブログで紹介《しょうかい》しているレシピも大人気《だいにんき》！　写真集《しゃしんしゅう》と料理本《りょうりぼん》が同時発売《どうじはつばい》になる、愛野《あいの》ぷりんちゃん！」

琉生《るい》の隣《となり》に座《すわ》る女《おんな》の子《こ》が、カメラに向《む》かって笑顔《えがお》でポーズを取《と》った。

今日《きょう》のもうひとりのゲストであるアイドルで、リリカと同《おな》じくらいに人気《にんき》があるらしい。

アリスはあまりアイドルには詳《くわ》しくないが、CM《シーエム》で何度《なんど》か見《み》た覚《おぼ》えがある。

「そして、もちろん！　悪魔《あくま》も魔女《まじょ》も逃《に》げ出《だ》す毒舌料理評論家《どくぜつりょうりひょうろんか》、轟大福先生《とどろきだいふくせんせい》～！」

最後《さいご》に、ふんぞり返《かえ》って座《すわ》る轟《とどろき》が紹介《しょうかい》される。

「手《て》かげん抜《ぬ》きでビシビシいくぞい！」

轟《とどろき》は大声《おおごえ》で宣言《せんげん》した。

「それでは、ルールの説明《せつめい》です！　制限時間《せいげんじかん》は3時間《じかん》！　使《つか》うことができるのは、それぞれのチームのスペースにある食材《しょくざい》と器具《きぐ》のみ！　味《あじ》だけでなく、見《み》た目《め》とユニークさも採点《さいてん》のポイントになるので、がんばって作《つく》ってくださいね！」

参加者《さんかしゃ》のみんなはそれぞれ、自分《じぶん》たちに用意《ようい》された調理台《ちょうりだい》の前《まえ》に立《た》つ。

アリスたちは、真《ま》ん中《なか》の調理台《ちょうりだい》だ。

「それでは〜！　ハートとハートが火花《ひばな》を散《ち》らすスイーツの勝負《しょうぶ》、スタート！」

明璃《あかり》は真《ま》っ直《す》ぐに上《あ》げた手《て》を、さっと振《ふ》り下《お》ろした。

BGM《ビージーエム》とともに、左右《さゆう》のチームが作業《さぎょう》に入《はい》る。

「えぇっと」

アリスも生《なま》クリームと粉砂糖《こなざとう》を手元《てもと》に引《ひ》き寄《よ》せた。

「仲良《なかよ》しコンビは……ゼラチンを溶《と》かして、どうやらババロアを作《つく》るようですね？」

明璃《あかり》はそれぞれのチームを回《まわ》って実況《じっきょう》する。

「お菓子研究会《かしけんきゅうかい》チームは、タルト生地《きじ》が完成《かんせい》したようです！」

どちらのチームも作《つく》り慣《な》れているのか、ピッタリと息《いき》が合《あ》っている。

「仲良《なかよ》しコンビ、今回《こんかい》は生《なま》のカボチャに火《ひ》を通《とお》すのではなく、時間《じかん》の節約《せつやく》のためにパンプキン・ペーストを使《つか》うようですね」

「うむ！　これは正解《せいかい》と言《い》えよう！　日本《にほん》のカボチャは本来《ほんらい》のパンプキンとは風味《ふうみ》が異《こと》なる！　さらに市販《しはん》のペーストにはスパイスも入《はい》っておるからのう！」

轟《とどろき》が腕組《うでぐ》みをして解説《かいせつ》する。

「こちらはペンギン・チーム。まずは室温《しつおん》に戻《もど》したバターをボウルに移《うつ》し、砂糖《さとう》を加《くわ》えたようですね」

明璃《あかり》はアリスたちのところにもやってきた。

アリスの頭《あたま》の中《なか》には、今回《こんかい》作《つく》るスイーツのレシピがあった。

ハンプティ・ダンプティが作《つく》ったパティシエール服《ふく》のおかげで、お菓子《かし》作《づく》りが上手《じょうず》になっていたからだ。

レシピはあったし、作《つく》るのも確《たし》かに上手《じょうず》になっていたのだが。

「アリスちゃん、もたもたしていて、他《ほか》のチームよりだいぶ後《おく》れをとっています！」

素早《すばや》くなってはいなかった。

他《ほか》のチームと比《くら》べると、ひとつの作業《さぎょう》に倍《ばい》ぐらいの時間《じかん》がかかっている感《かん》じである。

となると、当然《とうぜん》――。

「ししょ～、ボウル」

「はい！」

「ししょ～、アイスクリーム・メイカー」

「はいっ！」

「ししょ〜、スポンジ・ケーキ」

「はいいいっ！」

アリスの遅《おそ》い分《ぶん》、P《ピー》・P《ピー》・ジュニアが忙《いそが》しくワタワタと働《はたら》くことになった。

「ペンギン・チームは手際《てぎわ》がよくない！　あれではスイーツの魂《たましい》が死《し》んでしまうわい！」

熱戦《ねっせん》が続《つづ》くなか、轟《とどろき》が難《むずか》しい顔《かお》で感想《かんそう》を口《くち》にする。

「探偵《たんてい》シュヴァリエ、アリスちゃんたちは何《なに》を作《つく》ると推理《すいり》します？」

明璃《あかり》が琉生《るい》に質問《しつもん》する。

「さ、さすがにこの段階《だんかい》だとわからないかな？」

琉生《るい》は笑顔《えがお》で答《こた》えた。

そして――。

2時間《じかん》を過《す》ぎたあたりから、早《はや》いチームは仕上《しあ》げにかかり始《はじ》めた。

「ピキ〜ッ！　目《め》が回《まわ》りますよ〜！」

P《ピー》・P《ピー》・ジュニアはヘロヘロになりながら、アイスクリーム・メイカーからパンプキンのアイスをすくい出《だ》す。

「もうちょっと……だから」

アリスはビターとホワイトの２種類《しゅるい》のチョコを、それぞれ用意《ようい》した型《かた》に流《なが》し込《こ》んで固《かた》める作《さ》業《ぎょう》に入《はい》っていた。

「そおれ！」

Ｐ《ピー》・Ｐ《ピー》・ジュニアはアイスクリームとスポンジ・ケーキ、それに砕《くだ》いたクッキーをパウンド・ケーキの型《かた》に入《い》れて層《そう》を作《つく》っていく。

「ししょ〜、フリーザーに」

「了解《りょうかい》です！」

Ｐ《ピー》・Ｐ《ピー》・ジュニアは、パウンド・ケーキの型《かた》を頭《あたま》にのせ、後《うし》ろにあるフリーザーに運《はこ》んでゆく。

アイスとチョコが固《かた》まるのをこれから待《ま》つ訳《わけ》だが、そのあとに最後《さいご》の飾《かざ》りつけが残《のこ》っている。

間《ま》に合《あ》うとしてもギリギリのところだ。

「がんばって〜！」

アイドルの愛野《あいの》ぷりんが、手間取《てまど》っているアリスたちに応援《おうえん》の声《こえ》をかけてくれる。

(そろそろ、いいかな?)

残《のこ》り15分《ふん》になったところで、アリスはパウンド・ケーキの型《かた》をフリーザーから取《と》り出《だ》し、きれいに切《き》り分《わ》けて型《かた》から抜《ぬ》いたチョコで飾《かざ》ってゆく。

時計《とけい》の針《はり》も、だんだんタイムリミットに近《ちか》づき——。

「終了《しゅうりょう》〜っ!」

ベルの音《おと》が鳴《な》り響《ひび》いて、明璃《あかり》が終了《しゅうりょう》を告《つ》げた。

(何《なん》とか……完成《かんせい》です)

アリスは胸《むね》をなで下《お》ろす。

「では、見《み》ていきましょう」

テーブルに並《なら》んだ、それぞれのチームの力作《りきさく》に、カメラが向《む》けられた。

「仲良《なかよ》しコンビの作品《さくひん》は?」

中学生《ちゅうがくせい》のふたり組《ぐみ》が作《つく》ったのは、オレンジ色《いろ》をしたマカロンぐらいの大《おお》きさのチョコだった。

「ハロウィン・キッスで〜す!」

ふたりはキャッキャとはしゃぎながら、自分《じぶん》たちの作品《さくひん》を紹介《しょうかい》する。

「パンプキンを練《ね》り込《こ》んだホワイト・チョコの中《なか》には、パンプキンのババロワが入《はい》ってま〜す！」

「なるほど、ダブル・パンプキンという訳《わけ》ですね？　それでは、お菓子《かし》研究会《けんきゅうかい》の作品《さくひん》を見《み》てみましょう」

明璃《あかり》は高校生《こうこうせい》チームの作品《さくひん》の前《まえ》に立《た》つ。

「マジック・タルト・ナイトです」

最初《さいしょ》に勝利《しょうり》宣言《せんげん》をした女《おんな》の子《こ》が説明《せつめい》した。

「ビター・チョコとパンプキンのカスタードを使《つか》い、オレンジの薄切《うすぎ》りをアクセントに添《そ》えました」

「大理石《だいりせき》のようなコントラストが美《うつく》しい、マーブル模様《もよう》のタルトですね」

明璃《あかり》は頷《うなず》くと、アリスたちの方《ほう》を見《み》た。

アリスたちの作品《さくひん》は、スポンジ・ケーキでパンプキンのアイスを挟《はさ》み、ココア・パウダーで覆《おお》ったものを、ビター・チョコのコウモリや、ホワイト・チョコの三日月《みかづき》などで表面《ひょうめん》を飾《かざ》ったアイス・ケーキである。

「コウモリに魔女《まじょ》、黒猫《くろねこ》のデコレーションも美《うつく》しいアイス・ケーキですよ〜！」

P《ピー》・P《ピー》・ジュニアが胸《むね》を張《は》る。

「名付《なづ》けて？」

と、明璃《あかり》。

「はひ？　名前《なまえ》？」

「名前《なまえ》は……何《なん》と申《もう》しましょうか……」

アリスもP《ピー》・P《ピー》・ジュニアも、名前《なまえ》までは頭《あたま》が回《まわ》らなかった。

「……ア、アイス・ケーキということで」

その上《うえ》、アリスにはネーミングのセンスがなかった。

このあとは審査員《しんさいん》3人《にん》の試食《ししょく》タイム。

審査員《しんさいん》の相談《そうだん》により、優勝作品《ゆうしょうさくひん》が決《き》められるのだ。

「僕《ぼく》はアイス・ケーキ、可愛《かわい》らしくていいと思《おも》うけど？」

「私《わたし》もそう思《おも》ったよ。こっちのタルトもお店《みせ》でも出《だ》せるくらいにすてきだけど」

琉生《るい》とアイドルのぷりんは試食《ししょく》しながら意見《いけん》を交《か》わしているが――。

「ふん！　パンプキンのババロアは、外《そと》のチョコの食感《しょっかん》との相性《あいしょう》がよくな〜い！　タルトはカスタードにわずかにパンプキンが使《つか》われておるだけでハロウィンらしさが出《で》ておらぬし、逆《ぎゃく》にアイス・ケーキは派手《はで》すぎ〜る！　この轟《とどろき》、どれもこれも、合格点《ごうかくてん》はやれぬわい！」

轟《とどろき》は文句《もんく》ばかりだ。

「私《わたし》、狙《ねら》われているのは、あのおじさんに間違《まちが》いないような気《き》がしてきました」

P《ピー》・P《ピー》・ジュニアがこっそりアリスにささやく。

「同感《どうかん》です。……でも、私《わたし》たちの目的《もくてき》は勝《か》つことじゃなくて、ジャック・オー・ランタンの犯《はん》行《こう》を防《ふせ》ぐこと」

アリスも頷《うなず》きながら、もう一度《いちど》スタジオを見渡《みわた》した。

ライトが下《さ》がっている天井《てんじょう》に、審査員席《しんさいんせき》、それに客席《きゃくせき》。

番組収録前《ばんぐみしゅうろくまえ》から変《か》わったところはない。

ないはずなのだが――。

（考《かんが》える時間《じかん》が必要《ひつよう》）

アリスは計量《けいりょう》カップを床《ゆか》に落《お》とし、それを拾《ひろ》うふりをして調理台《ちょうりだい》の下《した》に隠《かく》れると、カメラに映《うつ》っていないことを確《たし》かめて、コックコートのポケットから手鏡《てかがみ》を取《と》り出《だ》した。

「鏡《ミラー》よ、鏡《ミラー》」

*　*　*

鏡《かがみ》の国《くに》に来《き》たアリスは、近《ちか》くに浮《う》いていたキノコの上《うえ》に座《すわ》り、目《め》を閉《と》じた。

(スタジオの出入《でい》り口《ぐち》は警備員《けいびいん》さんが見張《みは》っているから、今《いま》からスタジオに入《はい》るのはムリ。だからきっと、ジャック・オー・ランタンは、もうスタジオのどこかに隠《かく》れているはず)

調理台《ちょうりだい》に、セットの巨大《きょだい》オーブンにフリーザー。

ライトにカメラ、観覧席《かんらんせき》。

アリスの頭《あたま》の中《なか》で、スタジオで見《み》たものがゆっくりと回転《かいてん》し始《はじ》める。

そして――。

「間違《まちが》いない……はず」

アリスは立《た》ち上《あ》がった。

＊　＊　＊

「ししょ～、あそこ！」

こちらの世界《せかい》に戻《もど》ったアリスは、セットの巨大《きょだい》オーブンを指《ゆび》さした。あの巨大《きょだい》オーブンを収《しゅう》録前《ろくまえ》に調《しら》べた時《とき》には、外《そと》から中《なか》をのぞき込《こ》んだだけ。

その中《なか》が二重《にじゅう》になっていて、奥《おく》の壁《かべ》の向《む》こうに人《ひと》が隠《かく》れるスペースがあるかもしれないとアリスは気《き》がついたのだ。

だが。

「トリック・オア・トリート！」

P《ピー》・P《ピー》・ジュニアが飛《と》びかかるより、ジャック・オー・ランタンがオーブンの奥《おく》の壁《かべ》を破《やぶ》って飛《と》び出《だ》し、轟《とどろき》に突進《とっしん》する方《ほう》が一瞬早《いっしゅんはや》かった。

ジャック・オー・ランタンは、轟《とどろき》の胸《むな》ぐらをつかんで立《た》たせる。

「グフフフ、この局《きょく》はイタズラの方《ほう》を選《えら》んだんだ？　番組《ばんぐみ》を止《や》めていればよかったのに」

ジャック・オー・ランタンは轟《とどろき》の頭《あたま》に深鍋《ふかなべ》をかぶせ、めん棒《ぼう》を握《にぎ》った。

「どうしてこの番組《ばんぐみ》を止《や》めさせたいの？」

観客《かんきゃく》やスタッフが騒然《そうぜん》となるなか、アリスはジャックに尋《たず》ねる。

「この番組《ばんぐみ》がなくなれば、もう轟大福《とどろきだいふく》の嘘《うそ》っぱちにだまされる人間《にんげん》はいなくなるからだ！」

ジャック・オー・ランタンは、めん棒《ぼう》で深鍋《ふかなべ》をガイ〜ンと叩《たた》いた。

「音《おと》が〜、音《おと》が響《ひび》く〜っ！」

轟《とどろき》は情《なさ》けない悲鳴《ひめい》を上《あ》げる。

「嘘《うそ》っぱち？」

アリスはジャック・オー・ランタンと轟《とどろき》を見比《みくら》べた。

「その通《とお》り！　轟大福《とどろきだいふく》のグルメ批評《ひひょう》は、嘘《うそ》と悪意《あくい》のかたまりなのだ！」

ジャック・オー・ランタンは、深鍋《ふかなべ》をもう一発《いっぱつ》、めん棒《ぼう》で叩《たた》いた。

「だが、お前《まえ》らは俺《おれ》の警告《けいこく》を無視《むし》した！　もう遅《おそ》い！　この轟大福《とどろきだいふく》が俺《おれ》にした悪事《あくじ》の数々《かずかず》が、全国《ぜんこく》の視聴者《しちょうしゃ》の前《まえ》に暴《あば》かれるのだ！」

「……あのね、ジャック・オー・ランタンさん。これ、生番組《なまばんぐみ》じゃないから、轟《とどろき》さんを人質《ひとじち》に取《と》っても、TV《テレビ》には流《なが》れていないよ。……ほら、カメラも止《と》まってる」

アリスはおそるおそるそう告《つ》げると、カメラの上《うえ》についているランプを指《ゆび》さした。撮影中《さつえいちゅう》のカメラは、このランプが点灯《てんとう》する仕組《しく》みなのだ。

「わ〜っ！　そういうことはもっと前《まえ》に教《おし》えろ！　格好《かっこう》つけていろいろ語《かた》ったのに、恥《は》ずかしいじゃないか！」

ジャック・オー・ランタンは、めん棒《ぼう》を握《にぎ》った手《て》を振《ふ》り回《まわ》した。

「頭《あたま》がカボチャだけあって、中身《なかみ》は空《から》っぽですね」

P《ピー》・P《ピー》・ジュニアはクチバシにヒレを当《あ》て、噴《ふ》き出《だ》しそうになるのをこらえて聞《き》いた。

「とにかく、そろそろ教《おし》えてくれませんか？　あなたがいったい誰《だれ》なのか？」

「で、では、正体《しょうたい》を教《おし》えてやろう！　轟《とどろき》もこの顔《かお》を思《おも》い出《だ》すがいい！」

ジャック・オー・ランタンは轟《とどろき》の頭《あたま》の深鍋《ふかなべ》を取《と》り、自分《じぶん》もカボチャのマスクを脱《ぬ》いだ。

現《あらわ》れたのは、どこにでもいそうな普通《ふつう》の顔《かお》をした男性《だんせい》だ。

「おお、貴様《きさま》は！」

驚《おどろ》きの声《こえ》を上《あ》げた轟《とどろき》は、しばらく考《かんが》えてから首《くび》をひねった。

「……誰《だれ》だっけ？」

この様子《ようす》からすると、以前《いぜん》に会《あ》っていたとしても覚《おぼ》えていないらしい。

「だ〜っ！」

ジャック・オー・ランタンは、カボチャマスクをかぶり直《なお》して地団太《じだんだ》を踏《ふ》んだ。

「俺《おれ》は！　お前《まえ》のブログでメチャクチャ悪口《わるぐち》を書《か》かれた店《みせ》のパティシエだ〜っ！　お前《まえ》が突然《とつぜん》、うちの店《みせ》にやってきて、ただで山《やま》ほどケーキを食《た》べたあげく、翌日《よくじつ》、店《みせ》の悪口《わるぐち》をブログに載《の》せただろうが!?　死《し》ぬほどまずいという評判《ひょうばん》が日本全国《にほんぜんこく》に広《ひろ》がった！　それを覚《おぼ》えていないのかあああっ！」

「愚《おろ》か者《もの》め！　この轟《とどろき》、しょっちゅう適当《てきとう》な悪口《わるぐち》を書《か》いておるから、それだけでどこのパティシエなのかわかるはずがなかろう！」

轟《とどろき》は堂々《どうどう》と言《い》い放《はな》った。

「いばることじゃ……ないような気《き》が」

呆《あき》れたアリスは首《くび》を横《よこ》に振《ふ》る。

「同感《どうかん》だね」

琉生《るい》も頷《うなず》いた。

「人《ひと》の悪口《わるぐち》を言《い》い触《ふ》らして、気分《きぶん》がよかったか⁉　うちの店《みせ》はお客《きゃく》が来《こ》なくなってつぶれたんだぞ！」

ジャック・オー・ランタンは轟《とどろき》にもう一度《いちど》深鍋《ふかなべ》をかぶせ、めん棒《ぼう》でガンガンと叩《たた》く。

「ま、待《ま》て待《ま》て！　わかるだろう、悪口《わるぐち》を言《い》うのがこの轟大福《とどろきだいふく》という男《おとこ》の仕事《しごと》なのだ！　褒《ほ》めてもほら、TV《テレビ》やブログでは受《う》けないではないか？　それにほら、あれだ、責《せ》めるならこの轟《とどろき》ではなく、わしのいい加減《かげん》な批評《ひひょう》を信《しん》じた連中《れんちゅう》だろう？」

「建前《たてまえ》を捨《す》てて……本音《ほんね》を言《い》い切《き》った」

アリスは呆《あき》れる。

「自分《じぶん》の人気《にんき》のためなら、人《ひと》が困《こま》っても構《かま》わないのかっ！」

ジャック・オー・ランタンは、深鍋《ふかなべ》を叩《たた》き続《つづ》けた。

「もちろんだ！　いや、違《ちが》うけど！」

またもや本音《ほんね》を言《い》いかけた轟《とどろき》はあわてて言《い》い直《なお》す。

「ジャック・オー・ランタン、話《はなし》を聞《き》いてみると、あなたが怒《おこ》るのももっともですねえ。でも――」

P《ピー》・P《ピー》・ジュニアが、ジャック・オー・ランタンに声《こえ》をかけた。

「でも？」

ジャック・オー・ランタンは聞《き》き返《かえ》す。

「でも、本当《ほんとう》にまずくなかったんですか、あなたの店《みせ》のスイーツ？」

P《ピー》・P《ピー》・ジュニアは、疑《うたが》いの目《め》をジャック・オー・ランタンに向《む》けた。

「当然《とうぜん》だ！」

と、ジャック・オー・ランタン。

「実《じつ》は、轟《とどろき》さんの方《ほう》が正《ただ》しくって、私《わたし》が作《つく》ったスイーツよりまずかったり？」

「そんな訳《わけ》があるかあああああっ！」

「だったら、このP《ピー》・P《ピー》・ジュニアとスイーツ対決《たいけつ》をしましょう」

P《ピー》・P《ピー》・ジュニアはヒレで自分《じぶん》の胸《むね》を指《さ》した。

「あなたが勝《か》ったら、轟《とどろき》さんを煮《に》るなり焼《や》くなり茹《ゆ》でるなり揚《あ》げるなり、好《す》きにしてくれて結《けっ》構《こう》です」

「そ、そんな〜！」

轟《とどろき》は思《おも》わず泣《な》き声《ごえ》になる。

「でも、私《わたし》が勝《か》ったら、あなたは轟《とどろき》さんを放《はな》しておとなしく捕《つか》まるんですよ」

P《ピー》・P《ピー》・ジュニアは続《つづ》けた。

「……い～だろう！」

ジャック・オー・ランタンは、ちょっと考《かんが》えてから頷《うなず》く。

「では、明璃《あかり》さん、進行《しんこう》をお願《ねが》いしますね」

P《ピー》・P《ピー》・ジュニアは明璃《あかり》を振《ふ》り返《かえ》った。

「は、はい！」

明璃《あかり》は早速《さっそく》スタッフと準備《じゅんび》にかかった。

「ペンギン君《くん》、大丈夫《だいじょうぶ》なのかい？」

琉生《るい》がささやく。

「もちろんです《ビアン・シュール》！」

と、自信《じしん》たっぷりのP《ピー》・P《ピー》・ジュニア。

「……なぜにフランス語《ご》？」

アリスは首《くび》をかしげた。

「パリで修業《しゅぎょう》したもので、つい。ああ、懐《なつ》かしのパリ〜。モンマルトルにパリジェンヌ〜」

P《ピー》・P《ピー》・ジュニアは瞳《ひとみ》をキラキラさせる。

「逃《に》げようとしたらどうなるかわかっているな？」

ジャック・オー・ランタンは轟《とどろき》にそう告《つ》げると、鍋《なべ》をかぶせたままセットの柱《はしら》に縛《しば》りつける。

「カメラ回《まわ》して」

つららが指《ゆび》をクルクル回転《かいてん》させてスタッフに指示《しじ》した。

ライトがつくと、セットの中央《ちゅうおう》でマイクを握《にぎ》った明璃《あかり》の姿《すがた》が浮《う》かび上《あ》がる。

P《ピー》・P《ピー》・ジュニアが右側《みぎがわ》の、ジャック・オー・ランタンが左側《ひだりがわ》の調理台《ちょうりだい》へと向《む》かった。

「それでは始《はじ》まりました、『ブラボー！　パティシエール』番外編《ばんがいへん》！　今回対決《こんかいたいけつ》するのは、世《せ》紀《き》の名探偵P《めいたんていピー》・P《ピー》・ジュニアさんと、復讐《ふくしゅう》に燃《も》える怪人《かいじん》ジャック・オー・ランタン！　対決内《たいけつない》容《よう》は……ええっと？」

明璃《あかり》はP《ピー》・P《ピー》・ジュニアにチラリと視線《しせん》を向《む》ける。

「せっかくですから、ハロウィンの定番《ていばん》、パンプキン・パイはどうです？　そんな格好《かっこう》をするくらいですから、得意《とくい》でしょ、パンプキン・パイ？」

P《ピー》・P《ピー》・ジュニアは、ジャック・オー・ランタンに提案《ていあん》した。

「ククク、よかろう。パンプキン・パイを選《えら》んだこと、心底後悔《しんそここうかい》させてやろう」

ジャック・オー・ランタンは腰《こし》に手《て》を当《あ》てて笑《わら》う。

「あと、私《わたし》は調理台《ちょうりだい》にヒレが届《とど》かないので、床《ゆか》で作《つく》りますけどいいですか？」

「好《す》きにしろ！」

「では、明璃《あかり》さん、合図《あいず》を」

P《ピー》・P《ピー》・ジュニアは明璃《あかり》にウインクした。

「制限時間《せいげんじかん》は1時間《じかん》！　ハートとハートが火花《ひばな》を散《ち》らすスイーツの勝負《しょうぶ》、スタート！」

明璃《あかり》が宣言《せんげん》すると、スポットライトがジャック・オー・ランタンとP《ピー》・P《ピー》・ジュニアに当《あ》てられた。もっとも、P《ピー》・P《ピー》・ジュニアは調理台《ちょうりだい》より背《せ》が低《ひく》いので、その姿《すがた》はほとんどカメラには映《うつ》っていないのだが。

「アリス、ボウルを！」

調理台《ちょうりだい》の下《した》からP《ピー》・P《ピー》・ジュニアの声《こえ》が飛《と》ぶ。

「ええと……はい」

さっきとは逆《ぎゃく》で、今度《こんど》はアリスが手伝《てつだ》う立場《たちば》だ。

「生《なま》クリームを」

「はい」

「パンプキンを茹《ゆ》でて！」

「はい」

アリスがあたふたしていると、その様子《ようす》を見《み》てジャック・オー・ランタンが笑《わら》う。

「グフフフ、勝《か》ったな」

こちらは本物《ほんもの》の元《もと》パティシエなので、手際《てぎわ》は見事《みごと》である。

時間《じかん》はあっという間《ま》に過《す》ぎ去《さ》り――。

「タイム・アップ！　両者《りょうしゃ》とも、手《て》を止《と》めてください！」

ちょうど1時間《じかん》経《た》ったところで、明璃《あかり》が合図《あいず》した。

P《ピー》・P《ピー》・ジュニアとジャック・オー・ランタンは、出来《でき》たてのパンプキン・パイをテーブルに置《お》いた。

「見《み》た目《め》はほとんど同《おな》じ、いい香《かお》りのパンプキン・パイです！」

と、明璃《あかり》。

「普段《ふだん》ならここで轟先生《とどろきせんせい》がジャッジに参加《さんか》するのですが、先生《せんせい》は今《いま》、それどころではないので、先《さき》ほどバトルに出《で》た仲良《なかよ》しコンビとお菓子研究会《かしけんきゅうかい》の女《おんな》の子《こ》たちに代《か》わりに加《くわ》わってもらいます！」

琉生《るい》とぷりん、それに女《おんな》の子《こ》たちが切《き》り分《わ》けられたパイを口《くち》に運《はこ》んだ。

そして――。

「それでは、結果発表《けっかはっぴょう》です！　採点《さいてん》は6対《たい》0！　優勝者《ゆうしょうしゃ》は――」

みんなと一緒《いっしょ》に採点《さいてん》を終《お》えた琉生《るい》が明璃《あかり》にメモを渡《わた》し、明璃《あかり》がそのメモを読《よ》み上《あ》げた。

「名探偵《めいたんてい》P《ピー》・P《ピー》・ジュニア！　何《なん》と圧勝《あっしょう》です！」

P《ピー》・P《ピー》・ジュニアにスポットライトが当《あ》てられる。

「嘘《うそ》だ！　お前《まえ》たち、轟《とどろき》を助《たす》けたくて嘘《うそ》を！」

ジャック・オー・ランタンは、採点《さいてん》した女《おんな》の子《こ》たちに詰《つ》め寄《よ》った。

「私《わたし》たち、別《べつ》にそのおじさん助《たす》けたいなんて思《おも》ってないもん」

「ね〜」

女《おんな》の子《こ》たちは顔《かお》を見合《みあ》わせる。

「自分《じぶん》で食《た》べ比《くら》べてみたらどうです？」

P《ピー》・P《ピー》・ジュニアは、ジャック・オー・ランタンの前《まえ》に自分《じぶん》のパイの皿《さら》を差《さ》し出《だ》した。

「望《のぞ》むところだ！」

ジャック・オー・ランタンはまずP《ピー》・P《ピー》・ジュニアのパイを口《くち》に運《はこ》び、それから自分《じぶん》のパイをひと口《くち》かじった。

「これは！」

ジャック・オー・ランタンは頭《あたま》を抱《かか》え、その場《ば》に崩《くず》れ落《お》ちる。

「信《しん》じられない……俺様《おれさま》より……ペンギンが上《うえ》だ」

「では、約束《やくそく》は守《まも》ってもらいますよ」

P《ピー》・P《ピー》・ジュニアは敗者《はいしゃ》をねぎらうチャンピオン、といった感《かん》じでジャック・オー・ランタンの肩《かた》をヒレで叩《たた》いた。

「今回《こんかい》の映像《えいぞう》、編集《へんしゅう》して、『ミステリー・プリンス』で探偵《たんてい》シュヴァリエのお手柄《てがら》として使《つか》わせてもらうわよ」

ジャック・オー・ランタンが警察《けいさつ》に連行《れんこう》されていくと、つららはニコニコ顔《がお》でP《ピー》・P《ピー》・ジュニアに告《つ》げた。

「ぐっ、そういう契約《けいやく》でしたね」

P《ピー》・P《ピー》・ジュニアはピクピクとクチバシを震《ふる》わせたが、契約《けいやく》したのは自分《じぶん》なので文句《もんく》の言《い》いようがない。

「けど、ハラハラしたわよ。あんたがプロのパティシエに勝《か》つとは思《おも》わなかったからね」

つららは、残《のこ》っていたP《ピー》・P《ピー》・ジュニアのパイをひと切《き》れ取《と》って、口《くち》に運《はこ》んだ。

「……ねえ。これ、お店《みせ》で出《だ》せる味《あじ》じゃない？」

「ああ、これですか？」

P《ピー》・P《ピー》・ジュニアはニマ〜ッと笑《わら》った。

「ここに来《く》る前《まえ》に、局《きょく》に近《ちか》い有名《ゆうめい》スイーツ店《てん》で買《か》っていたパンプキン・パイです。いやあ、苦《く》労《ろう》しましたよ。カメラにバレないように箱《はこ》から出《だ》して並《なら》べるのに」

道理《どうり》でおいしい訳《わけ》である。

「君《きみ》のがおいしかった理由《りゆう》はわかったけれど、ジャック・オー・ランタンのがまずかった訳《わけ》は？　あれ、本当《ほんとう》にひどい味《あじ》だったけど？」

琉《る》生《い》が尋《たず》ねる。

「それは――」

P《ピー》・P《ピー》・ジュニアはジャック・オー・ランタンの調理台《ちょうりだい》の方《ほう》に飛《と》び乗《の》ると、砂糖《さとう》とベーキング・パウダーの箱《はこ》を手《て》に――正確《せいかく》にはヒレに――取《と》った。

「ジャック・オー・ランタンがベラベラしゃべっている間《あいだ》に、アリスに頼《たの》んでこっちの砂糖《さとう》に塩《しお》を入《い》れ、ベーキング・パウダーには片栗粉《かたくりこ》をた～っぷり混《ま》ぜてもらったんですよ。あと、ミルクも水《みず》で薄《うす》めてあります。そうですよね、アリス？」

「犯人《はんにん》は私《わたし》です」

アリスは手《て》を上《あ》げた。

「スイーツは正確《せいかく》な計量《けいりょう》が大切《たいせつ》だからね。まずくなる訳《わけ》だ」

琉《る》生《い》は苦笑《くしょう》する。

「何《なに》よ、インチキじゃない？」

つららはP《ピー》・P《ピー》・ジュニアをにらんだ。

「インチキだろうが何《なん》だろうが、この轟《とどろき》は偉大《いだい》なる轟大福《とどろきだいふく》が助《たす》かればそれでよいわい！」

ようやく解放《かいほう》された轟《とどろき》が、胸《むね》を張《は》って高《たか》らかに笑《わら》う。

「でも、ジャック・オー・ランタンが犯罪《はんざい》に走《はし》るきっかけを作《つく》ったのは轟《とどろき》さんですよ。これからは、批評《ひひょう》する時《とき》にもう少《すこ》し思《おも》いやりを持《も》ってくださいね」

P《ピー》・P《ピー》・ジュニアは、轟《とどろき》にそう釘《くぎ》を刺《さ》すことを忘《わす》れなかった。

「うむ！　今回《こんかい》の事件《じけん》についてはこの轟《とどろき》、深《ふか》〜く反省《はんせい》しておるし、君《きみ》たちには大《おお》いに感謝《かんしゃ》しておる！」

反省《はんせい》している割《わり》には偉《えら》そうな轟《とどろき》は、スタッフにサインペンを持《も》ってこさせる。

「感謝《かんしゃ》のしるしにサインをしてあげよう！」

「ピキ〜ッ！　いいですよ、サインなんて！」

P《ピー》・P《ピー》・ジュニアは逃《に》げようとしたが、そのヒレを轟《とどろき》がむんずとつかむ。

「なあに、遠慮《えんりょ》は無用《むよう》！」

轟《とどろき》はP《ピー》・P《ピー》・ジュニアのお腹《なか》にサラサラとこう書《か》いた。

これからもよろしくね！

轟大福《とどろきだいふく》

「うにゅにゅにゅ〜っ！　これじゃ恥《は》ずかしくって外《そと》を歩《ある》けません！」

P《ピー》・P《ピー》・ジュニアは涙目《なみだめ》で抗議《こうぎ》する。

「……しょ〜、お気《き》の毒《どく》に」

アリスは自分《じぶん》がサインされなくてよかったと、心底思《しんそこおも》いながら、冷蔵庫《れいぞうこ》に行《い》き、自分《じぶん》が作《つく》ったアイス・ケーキをハンプティ・ダンプティのために切《き》り分《わ》けた。

轟大福《とどろきだいふく》のサインは、石《せっ》けんを使《つか》っても、アルコールで拭《ふ》いてもなかなか消《き》えなかった。

落《お》ちるまでに、1週間《しゅうかん》かかった。

ファイル・ナンバー 2

怪盗《かいとう》失格《しっかく》、赤《あか》ずきん!?

「……『プリンセス・フェスト』?」

今日《きょう》は木曜日《もくようび》。

アリスは、夕刊《ゆうかん》と一緒《いっしょ》に郵便受《ゆうびんう》けに入《はい》っていたチラシを見《み》て首《くび》をひねった。

チラシは町内会《ちょうないかい》のもので、

恒例《こうれい》の『プリンセス・フェスト』開催迫《かいさいせま》る!

と書《か》いてある。

「ああ、それは白瀬市《しらせし》が5年前《ねんまえ》から開《ひら》いているお祭《まつ》りですね。今年《ことし》もそんな季節《きせつ》になりましたか」

コーヒー豆《まめ》を挽《ひ》いていたP《ピー》・P《ピー》・ジュニアが、カレンダーに目《め》をやった。

「今度《こんど》の……土日《どにち》みたい」

と、アリス。

「駅前広場《えきまえひろば》には屋台《やたい》も出《で》ますよ〜。ああ、焼《や》きそば、お好《この》み焼《や》き、リンゴ飴《あめ》に綿菓子《わたがし》……じゅるるるる」

P《ピー》・P《ピー》・ジュニアはよだれを垂《た》らしそうになり、ハッとなってヒレで拭《ふ》いた。

「名前《なまえ》の割《わり》に、普通《ふつう》のお祭《まつ》りっぽい？」

アリスは今《いま》まで日本《にほん》のお祭《まつ》りに行《い》ったことがないので、ちょっとワクワクする。もしかしたら、クローゼットに入《い》れたままになっている浴衣《ゆかた》を着《き》ることができるかもしれない。

「確《たし》かに屋台《やたい》はそうですが、メインのパレードは豪華《ごうか》ですよ」

と、P《ピー》・P《ピー》・ジュニア。

「毎年《まいとし》コンテストで選《えら》ばれたプリンセスが、豪華《ごうか》なティアラをつけてパレードに出《で》るんです。このティアラというのが実《じつ》は——」

Ｐ《ピー》・Ｐ《ピー》・ジュニアが説明《せつめい》しかけたその時《とき》。

バタン！

呼《よ》び鈴《りん》が鳴《な》らされることもなく、表《おもて》の扉《とびら》が開《ひら》かれた。

「……珍《めずら》しい人物《じんぶつ》が」

駆《か》け込《こ》んできた女《おんな》の子《こ》とオオカミを見《み》て、アリスがわずかに首《くび》をかしげる。

「お願《ねが》い、助《たす》けて！　名探偵《めいたんてい》！」

その女《おんな》の子《こ》——美少女《びしょうじょ》（自称《じしょう》）怪盗赤《かいとうあか》ずきん——は、Ｐ《ピー》・Ｐ《ピー》・ジュニアにしがみついた。

＊　　＊　　＊

それは一昨日《おととい》のこと。

怪盗赤《かいとうあか》ずきんは、駅前《えきまえ》のドーナッツ屋《や》『ミルキー・ドーナッツ』で相棒《あいぼう》のオオカミと待《ま》ち合《あ》わせをしていた。

「お前《まえ》なあ、帰《かえ》って勉強《べんきょう》しなくていいのか？　成績《せいせき》が非常《ひじょう》にマズいことになってるって、担任《たんにん》の先生《せんせい》から連絡《れんらく》がきてたぞ？」

制服姿《せいふくすがた》の赤《あか》ずきんが店《みせ》に入《はい》ると、先《さき》に来《き》てフレンチ・クルーラーを食《た》べていたオオカミが顔《かお》を上《あ》げて声《こえ》をかけた。

「呼《よ》び出《だ》されたんだからしょ〜がないでしょが？」

赤《あか》ずきん――学校帰《がっこうがえ》りなのでトレードマークのフード《ずきん》はかぶっていない――はカバンを脇《わき》に置《お》いて、オオカミと向《む》かい合《あ》うように座《すわ》る。

「呼《よ》び出《だ》された？　誰《だれ》に？」

オオカミは片方《かたほう》の眉《まゆ》を上《あ》げた。

「国際怪盗連盟《こくさいかいとうれんめい》の人《ひと》。授業中《じゅぎょうちゅう》にメッセージが入《はい》ってたんだよね。……ほら」

赤《あか》ずきんはスマートフォンを取《と》り出《だ》し、画面《がめん》をオオカミの方《ほう》に向《む》ける。

「ああ、お前《まえ》、いちおう連盟《れんめい》の会員《かいいん》だったな？　だがな、メッセージで呼《よ》び出《だ》されたからといって、相手《あいて》もわからずヒヨコヒヨコ出《で》てくるのは感心《かんしん》しないぜ？」

オオカミはストローをくわえ、コーラを飲《の》み干《ほ》した。

「だから〜、ボディガード代《が》わりにあんた呼《よ》んだんじゃん？　それに大事《だいじ》な連絡《れんらく》かもしれないし」

赤《あか》ずきんはカウンターに行《い》き、コーヒーと山《やま》ほど注文《ちゅうもん》したドーナッツがのったトレーを手《て》に戻《もど》ってきて続《つづ》ける。

「例《たと》えば……あたしが表彰《ひょうしょう》されて、賞金《しょうきん》もらえるとか？」

「……なあ、どれだけその頭《おつむ》は楽天的《らくてんてき》にできてるんだ？」

オオカミが呆《あき》れ果《は》てた、というように首《くび》を振《ふ》ったその時《とき》。

「失礼《しつれい》～」

鍵《かぎ》の模様《もよう》のスーツを着《き》た男《おとこ》が、オオカミと赤《あか》ずきんの前《まえ》に立《た》った。

腰《こし》にジャラジャラと鍵《かぎ》と錠前《じょうまえ》をたくさん下《さ》げていて、髪《かみ》を七三《しちさん》にビシッと撫《な》でつけ、細《ほそ》い口《くち》ヒゲを真横《まよこ》にピンと伸《の》ばした変《へん》なおじさんだ。

「我《わ》が輩《はい》、国際怪盗連盟《こくさいかいとうれんめい》から参《まい》りました、ロック・アンロックと申《もう》す者《もの》です」

変《へん》なおじさんは、ジャケットの内《うち》ポケットから名刺《めいし》を取《と》り出《だ》して赤《あか》ずきんに渡《わた》した。

「国際会員《こくさいかいいん》ナンバー７７７のミス・赤《あか》ずきん、とお見受《みう》けしますが？」

「ど、どうも」

赤《あか》ずきんは頭《あたま》を下《さ》げてから、オオカミにささやく。

「……正直《しょうじき》さ、こんな変《へん》なおじさんと知《し》り合《あ》いって思《おも》われたくないんだけど？」

「同感《どうかん》だぜ」

オオカミも頷《うなず》く。

「早速《さっそく》、本題《ほんだい》に入《はい》りましょう」

ロック・アンロックは、オオカミを押《お》しのけるようにして赤《あか》ずきんの前《まえ》に座《すわ》り、紅茶《こうちゃ》がのったトレーを置《お》いた。

「ミス・赤《あか》ずきん。あなた、このところ怪盗《かいとう》としての活動《かつどう》がうまくいっていないようですね？」

「う」

「……やれやれ」

赤《あか》ずきんの顔《かお》が強《こわ》ばり、オオカミがため息《いき》をつく。

確《たし》かに――

『シンデレラのガラスの靴《くつ》、こっそりいただき計画《けいかく》』に『クレオパトラの真珠《しんじゅ》、どさくさまぎれにもらっちゃう計画《けいかく》』などなど。

赤《あか》ずきんの悪《わる》だくみは、ことごとくP《ピー》・P《ピー》・ジュニアに阻《はば》まれている。

次《つぎ》にまたP《ピー》・P《ピー》・ジュニアに邪魔《じゃま》をされれば、記念《きねん》すべき20回連続失敗《かいれんぞくしっぱい》の大記録《だいきろく》だ。

「じ、実《じつ》は今週《こんしゅう》は補習《ほしゅう》があってさ〜。ほら、あたし数学《すうがく》が苦手《にがて》で——」

赤《あか》ずきんは、とぼけてごまかそうと頭《あたま》をかく。

だが。

「連盟《れんめい》は言《い》い訳《わけ》を認《みと》めません」

ロック・アンロックは澄《す》ました顔《かお》で紅茶《こうちゃ》のカップ——紙《かみ》だけど——を口《くち》に運《はこ》ぶと、1枚《まい》の紙《かみ》を差《さ》し出《だ》した。

「怪盗連盟《かいとうれんめい》の本部《ほんぶ》では、あなたのことをこう考《かんが》えているのですよ」

その紙《かみ》には「会員《かいいん》ナンバー777赤《あか》ずきん」と最初《さいしょ》に書《か》いてあり、次《つぎ》に大《おお》きな赤《あか》い字《じ》で——

怪盗失格《かいとうしっかく》!

というスタンプが押《お》してあった。

「…………っ!」

会員ナンバー777
赤ずきん
怪盗失格!
国際怪盗連盟

赤《あか》ずきんはテーブルに突っ伏《ぷ》した。

「あなた、このままでは国際怪盗連盟《こくさいかいとうれんめい》から除名《じょめい》ということになりますね」

ロック・アンロックは続《つづ》ける。

「除名《じょめい》になれば、怪盗《かいとう》と名乗《なの》ってはいけません。名乗《なの》ると罰金《ばっきん》です」

「ば、罰金《ばっきん》！」

赤《あか》ずきんの顔《かお》が真《ま》っ青《さお》になった。

「高校生《こうこうせい》としても落第寸前《らくだいすんぜん》。怪盗《かいとう》としても落第《らくだい》となると……いいとこなしだな、お前《まえ》？」

同情《どうじょう》のなま暖《あたた》かい視線《しせん》を、オオカミは赤《あか》ずきんに向《む》ける。

「学校《がっこう》のことは放《ほ》っといて！」

赤《あか》ずきんはオオカミにそう言《い》い放《はな》ってから身《み》を乗《の》り出《だ》し、ロック・アンロックに訴《うった》える。

「除名《じょめい》されない方法《ほうほう》があるんだよね⁉　だから来《き》てくれたんでしょ⁉　そうだよね⁉　ね、ね、ね、そうだって言《い》って～っ！」

「……ないことは……左様《さよう》、ないですなあ」

ロック・アンロックはヒゲの先《さき》を指《ゆび》で整《ととの》えながら頷《うなず》いた。

「それは？」

赤《あか》ずきんはちょっとホッとしながら尋《たず》ねる。

「新聞《しんぶん》の第一面《だいいちめん》に載《の》るような、大《おお》きな犯罪《はんざい》を成功《せいこう》させること。それしかありません」

ロック・アンロックはタブレットを出《だ》して、スケジュール表《ひょう》に目《め》を通《とお》した。

「期限《きげん》は……そう、我《わ》が輩《はい》が日本《にほん》にいる間《あいだ》。つまりあと1週間《しゅうかん》です。それまでに、あっと世間《せけん》を驚《おどろ》かせるような犯罪《はんざい》を成功《せいこう》させなければ、あなたは怪盗赤《かいとうあか》ずきんではなく――」

「ただの美少女赤《びしょうじょあか》ずきんになっちゃうのね!?」

「……その美少女《びしょうじょ》ってのも、取《と》った方《ほう》がいいんじゃねえか？」

よけいなことを言《い》うオオカミの口《くち》に、赤《あか》ずきんは空《から》になったコップをカポッとかぶせた。

*　*　*

「ていう訳《わけ》なんだって！」

ソファーに座《すわ》って説明《せつめい》した赤《あか》ずきんは、アリスが出《だ》したコーヒーを一気《いっき》に飲《の》み干《ほ》した。

「あなたね」

向《む》かいの椅子《いす》に座《すわ》っていたP《ピー》・P《ピー》・ジュニアは、お話《はなし》にならないという顔《かお》でクチバシを横《よこ》に振《ふ》る。

「もしかしてこの誇《ほこ》り高《たか》き名探偵《めいたんてい》に、ドロボーの手伝《てつだ》いをしろと言《い》うんですか？」

「お・ね・が・い♪」

赤《あか》ずきんは合《あ》わせた両手《りょうて》を頬《ほほ》の横《よこ》に可愛《かわい》く当《あ》ててウインクした。

「そんな顔《かお》してもダメです。……むしろ気持《きも》ち悪《わる》いので、さらに協力《きょうりょく》する気《き》はなくなりました」

P《ピー》・P《ピー》・ジュニアは赤《あか》ずきんに背中《せなか》を向《む》ける。

「あのね！　美少女《びしょうじょ》のラブラブ・ウインク攻撃《こうげき》になんてこと言《い》うのよ！」

ふくれっ面《つら》になった赤《あか》ずきんは、アリスに助《たす》けを求《もと》めた。

「アリス、あんたからも頼《たの》んでよ？」

「この私《わたし》といたしましても……犯罪《はんざい》は……」

アリスも同《おな》じように首《くび》を横《よこ》に振《ふ》った。

「分《わ》かってるって！　だから盗《ぬす》むっていってもふりだけ！　あとですぐに返《かえ》すから！　絶対《ぜったい》、

約束《やくそく》する！」

赤《あか》ずきんはソファーから身《み》を乗《の》り出《だ》す。

「で、いったい何《なに》を盗《ぬす》むつもりなんです？」

P《ピー》・P《ピー》・ジュニアは尋《たず》ねた。

「ふふふ、聞《き》いて驚《おどろ》きなさい！　今回《こんかい》、この美少女怪盗《びしょうじょかいとう》が狙《ねら》うのは、『プリンセス・フェスト』の魔法《まほう》のティアラよ！」

赤《あか》ずきんは不敵《ふてき》に笑《わら》って立《た》ち上《あ》がり、ビシッとピースサインを作《つく》る。

「なるほど。まあ、目《め》のつけどころは悪《わる》くないですね」

P《ピー》・P《ピー》・ジュニアは認《みと》めた。

「市《し》のお祭《まつ》りに使《つか》われるティアラ、そんなにすごいものなの？」

アリスは首《くび》をひねる。

「さっき説明《せつめい》しようとしたんですが――」

P《ピー》・P《ピー》・ジュニアはアリスを振《ふ》り返《かえ》った。

「実《じつ》は、『プリンセス・フェスト』で使《つか》われるティアラは、ドイツにある白瀬市《しらせし》の姉妹都市《しまいとし》から借《か》りてきたもので、500年前《ねんまえ》に魔女《まじょ》が作《つく》ったとされる国宝級《こくほうきゅう》のティアラなんです」

「魔女《まじょ》が作《つく》ったから、魔法《まほう》のティアラ？」

「その通《とお》りです。実際《じっさい》は、ティアラをかぶっても魔法《まほう》が使《つか》える訳《わけ》じゃありませんけど」

「あの……」

アリスはふと思《おも》いつき、赤《あか》ずきんに提案《ていあん》する。

「魔法《まほう》のティアラは、コンテストの優勝者《ゆうしょうしゃ》がかぶることになっていたはず。だったら、赤《あか》ずきんさんがコンテストに出《で》て優勝《ゆうしょう》すれば、悪《わる》いことしなくてもティアラを手《て》に入《い》れられるんじゃ？」

「そりゃあ無理《むり》だな」

オオカミが首《くび》を横《よこ》に振《ふ》った。

「毎年《まいとし》コンテストでプリンセスになるのは、あの赤妃《あかひ》リリカって決《き》まってんだ」

「……それってインチキ？」

アリスは尋《たず》ねた。

「というか、自分《じぶん》がティアラをかぶっているところを見《み》せびらかしたくて、赤妃《あかひ》さんが始《はじ》めたお祭《まつ》りですから」

　P《ピー》・P《ピー》・ジュニアが説明《せつめい》する。

「ね？　あのリリカから盗《ぬす》むんだから、心《こころ》は痛《いた》まないでしょ？　だから手伝《てつだ》ってよ～」

　赤《あか》ずきんはアリスの手《て》を取《と》って訴《うった》えた。

「でも、赤妃《あかひ》さんは友《とも》だちなので」

　たとえ友《とも》だちからでなくても、アリスは盗《ぬす》むことには反対《はんたい》なのだが。

「あたしだって友《とも》だちじゃん！」

　と、赤《あか》ずきん。

「都合《つごう》のいい時《とき》だけな」

　オオカミが口《くち》を挟《はさ》む。

「……あんた、誰《だれ》の味方《みかた》よ？」

　赤《あか》ずきんはオオカミをにらむと、もう一度《いちど》アリスたちに訴《うった》えた。

「それにさ、あんたたち、あたしに借《か》りがあるんだからね！」

「え～？　借《か》りなんてありましたっけ？」

P《ピー》・P《ピー》・ジュニアはヒレで頭《あたま》をかく。

「グリム・ブラザーズの爆弾事件《ばくだんじけん》の時《とき》に、手《て》を貸《か》してあげたじゃん」

「……確《たし》かに」

アリスは思《おも》い出《だ》した。

あの時《とき》は赤《あか》ずきんが警察《けいさつ》に連絡《れんらく》してくれたおかげで、国際的《こくさいてき》な犯罪者《はんざいしゃ》グリム・ブラザーズの計画《けいかく》を打《う》ち破《やぶ》ることができたのだ。

「仕方《しかた》ありませんね」

P《ピー》・P《ピー》・ジュニアはため息《いき》をついた。

「誰《だれ》も傷《きず》つけない、すぐに返《かえ》す。それが条件《じょうけん》ですよ」

「オッケ〜ッ！　ありがとありがとありがと、P《ピー》ちゃん」

赤《あか》ずきんはギュッとP《ピー》・P《ピー》・ジュニアを抱《だ》きしめた。

「すまねえな、いろいろ」

小躍《こおど》りする赤《あか》ずきんの横《よこ》で、アリスたちに頭《あたま》を下《さ》げるオオカミだった。

「では、これからティアラを手《て》に入《い》れる緻密《ちみつ》な計画《けいかく》を立《た》てましょう」

P《ピー》・P《ピー》・ジュニアはホワイト・ボードを引《ひ》っ張《ぱ》ってきて、アリスたちを見渡《みわた》した。

「はいはい！　作戦名《さくせんめい》は？」

赤《あか》ずきんが手《て》を上《あ》げて質問《しつもん》する。

「そんなものいりません」

P《ピー》・P《ピー》・ジュニアはクチバシを横《よこ》に振《ふ》った。

「え〜っ！　あたし、いつも計画《けいかく》の内容《ないよう》より、作戦名考《さくせんめいかんが》えるのに時間《じかん》かけてるのに？」

「……あなたの犯罪《はんざい》がめったに成功《せいこう》しない理由《りゆう》が、わかった気《き》がします」

P《ピー》・P《ピー》・ジュニアはため息《いき》をつくと、パレードまでの『プリンセス・フェスト』の時間《じかん》の流《なが》れを表《ひょう》にして、フェルトペンでホワイト・ボードに書《か》いていく。

コンテストは土曜《どよう》の午前《ごぜん》10時《じ》。ティアラを身《み》につけた優勝者《ゆうしょうしゃ》のパレードは、コンテストが終《お》わった土曜《どよう》の午後《ごご》2時《じ》からと、日曜《にちよう》の正午《しょうご》からだ。

「パレード中《ちゅう》は人目《ひとめ》が多《おお》く、その時間《じかん》は盗《ぬす》むのが難《むずか》しいでしょう」

P《ピー》・P《ピー》・ジュニアは書《か》き終《お》わった表《ひょう》をながめ、腕《うで》——ではなくヒレ——組《ぐ》みをして考《かんが》え込《こ》む。

「となると、コンテストが終《お》わり、赤妃《あかひ》さんがティアラを受《う》け取《と》って、パレードの車《くるま》に乗《の》り込《こ》むまでの短《みじか》い時間《じかん》に――」

「は〜い、それムリで〜す！」

作戦《さくせん》を立《た》てるＰ《ピー》・Ｐ《ピー》・ジュニアを、またもや手《て》を上《あ》げた赤《あか》ずきんがさえぎった。

「……どうしてです？」

Ｐ《ピー》・Ｐ《ピー》・ジュニアの顔《かお》に、不安《ふあん》の色《いろ》がよぎる。

「もう予告状《よこくじょう》、赤妃家《あかひけ》に送《おく》っちゃったもん。犯行時刻《はんこうじこく》は土曜《どよう》のパレードの途中《とちゅう》って書《か》いちゃった」

赤《あか》ずきんはペロリと舌《した》を出《だ》した。

「ぴき〜っ！　どうしてあなたはそうやって、自分《じぶん》で自分《じぶん》の首《くび》をしめるようなことをするんですっ!?」

Ｐ《ピー》・Ｐ《ピー》・ジュニアはフェルトペンを放《ほう》り投《な》げ、黄色《きいろ》い足《あし》で地団太《じだんだ》を踏《ふ》む。

「だって、それが怪盗《かいとう》のルールでしょ？」

赤《あか》ずきんは当然《とうぜん》、というように腰《こし》に手《て》を当《あ》てて胸《むね》を張《は》った。

「とにかく！　まだ日《ひ》にちがありますから、私《わたし》が作戦《さくせん》を考《かんが》えます！　それまで絶対《ぜったい》に、よけいなことはしないでください！　いいですね、絶《ぜっ》っっっ対《たい》ですよ!?」

念《ねん》を押《お》すP《ピー》・P《ピー》・ジュニア。

「はいはい、わかったって」

赤《あか》ずきんは適当《てきとう》に答《こた》えると、アリスを振《ふ》り返《かえ》る。

「ところで、今日《きょう》の晩《ばん》ご飯《はん》、何《なに》？」

食《た》べて帰《かえ》る気《き》、満々《まんまん》の赤《あか》ずきんだった。


翌日《よくじつ》の放課後《ほうかご》。

「夕星《ゆうずつ》さん」

帰《かえ》り支度《じたく》をするアリスに計太《けいた》が声《こえ》をかけてきた。

「明日《あした》の『プリンセス・フェスト』のパレード、響君《ひびきくん》と見《み》に行《い》く予定《よてい》なんですけど、一緒《いっしょ》にどうです？」

「たぶん、大丈夫《だいじょうぶ》」

アリスは頷《うなず》いた。

お祭《まつ》りといえば浴衣《ゆかた》。夏《なつ》には着《き》ることができなかったけれど、クローゼットの奥《おく》にしまったままの浴衣《ゆかた》にようやく登場《とうじょう》の機会《きかい》が訪《おとず》れたようだ。

「よかった〜」

計太《けいた》は顔《かお》を輝《かがや》かせて続《つづ》ける。

「それで、もしよければアリス・リドルちゃんも――」

「リドルは……たぶん忙《いそが》しいかと」

「で、ですよね〜」

そちらの方《ほう》が目当《めあ》てらしかった計太《けいた》は、肩《かた》を落《お》とした。


「…………あ」

計太《けいた》たちとの約束《やくそく》の時間《じかん》と、ティアラを盗《ぬす》む予定《よてい》の時間《じかん》。

このふたつが重《かさ》なるかもしれないことにアリスが気《き》づいたのは、探偵社《たんていしゃ》に帰《かえ》ってしばらく経《た》ってからだった。

(あまりのうっかりに……落《お》ち込《こ》む。でも——)

アリスはともかく、前向《まえむ》きに考《かんが》えることにする。

(みんなとパレードを見《み》て、ちょっと抜《ぬ》けて、また戻《もど》ろう。そのために——)

アリスは手鏡《てかがみ》を取《と》り出《だ》した。

＊　＊　＊

「怪盗《かいとう》にふさわしい、素早《すばや》く静《しず》かに動《うご》ける服《ふく》?」

説明《せつめい》を聞《き》き終《お》わったハンプティ・ダンプティは首《くび》を——というか、首《くび》がないので体全体《からだぜんたい》を——かしげた。

「探偵《たんてい》をやめて、怪盗《かいとう》になることにしたんですか?」

「そうじゃないけど……そこには日本海溝《にほんかいこう》よりも深《ふか》い事情《じじょう》が……」

アリスは事情《じじょう》を簡単《かんたん》に説明《せつめい》する。

「なるほど、なかなか難《むずか》しい注文《ちゅうもん》ですが——」

例《れい》によって、考《かんが》え込《こ》むような顔《かお》つきを浮《う》かべるハンプティ・ダンプティ。

「できちゃうんです、このボクには！　さあみなさん！　エビバディ・カム・ヒア〜！」

ハンプティ・ダンプティがウインクしてパチンと指《ゆび》を鳴《な》らすと、ハサミと針《はり》と糸《いと》、それに黒《くろ》い布地《ぬのじ》がふわふわと飛《と》んできてリズムに合《あ》わせて踊《おど》りだした。

「ヘイッ！　コーカス・ダンス、コーカス・ダ〜ンス！　ボクもあなたもコーカス・ダンス！　西《にし》も東《ひがし》もコーカス・ダンス！　過去《かこ》も未来《みらい》もコーカス・ダンス！」

ハサミと針《はり》が見事《みごと》な手際《てぎわ》で服《ふく》を形作《かたちづく》ってゆく。

そして——。

「完成《かんせい》〜っ！」

ハンプティ・ダンプティは、アリスに黒《くろ》い服《ふく》を渡《わた》した。

「さあ、例《れい》の魔法《まほう》の言葉《ことば》を」

「……ワンダー・チェンジ」

しぶしぶ、恥《は》ずかしい言葉《ことば》を唱《とな》えるアリス。

たちまち銀色《ぎんいろ》の光《ひかり》に包《つつ》まれ、その光《ひかり》が消《き》えると——。

アリスはぴったりした黒《くろ》い服《ふく》に、ヒールの高《たか》いブーツ、革《かわ》の手袋《てぶくろ》、目《め》の部分《ぶぶん》を覆《おお》うマスクと、猫耳《ねこみみ》のついたカチューシャをまとっていた。

「闇《やみ》にまぎれ、音《おと》もなく走《はし》り、狙《ねら》った獲物《えもの》は逃《のが》さない！　名《な》づけて黒猫《くろねこ》スーツ！」

ハンプティ・ダンプティは胸《むね》を張《は》る。

「……今《いま》までで、一番恥《いちばんは》ずかしいです」

崩《くず》れ落《お》ちそうになったアリスは、カチューシャを指《ゆび》さした。

「この耳《みみ》は……必要《ひつよう》なので？」

「是非《ぜひ》とも必要《ひつよう》です」

「このシッポは？」

「それも必要《ひつよう》です」

「……ありがとう」

アリスはそう言《い》うしかなかった。

＊

＊

＊

そして土曜日《どようび》。

（……どうして遅《おく》れたのか疑問《ぎもん》です）

アリスは『ペンギン探偵社《たんていしゃ》』が入《はい》っている『アンタークティック・タワー』を出《で》て、琉生《るい》や計太《けいた》と待《ま》ち合《あ》わせした駅前広場《えきまえひろば》に急《いそ》いでいた。

待《ま》ち合《あ》わせの時間《じかん》は午前《ごぜん》10時半《じはん》。

もう17分過《ふんす》ぎている。

今朝《けさ》はもしものことを考《かんが》えて、5時《じ》に起《お》きて準備《じゅんび》を始《はじ》めたのだが、アリスは浴衣《ゆかた》を着《き》るのは今回《こんかい》が初《はじ》めて。うまくいかずにP《ピー》・P《ピー》・ジュニアにも手伝《てつだ》ってもらって、さっきやっと着替《きが》え終《お》えたところだ。

その上《うえ》、浴衣《ゆかた》は走《はし》ろうとするとすぐに裾《すそ》が乱《みだ》れる。

おそるおそる歩《ある》くので、普段《ふだん》から遅《おそ》い足《あし》がもっと遅《おそ》くなっているのだ。

「ごめんなさい」

広場《ひろば》に到着《とうちゃく》すると、アリスは息《いき》を切《き》らせながら計太《けいた》と琉生《るい》にぺこりと頭《あたま》を下《さ》げた。

「大丈夫《だいじょうぶ》だよ。10時少《じすこ》し前《まえ》にメッセージくれたでしょ？　だから先《さき》に計太《けいた》とふたりで屋台見《やたいみ》て回《まわ》ってたし」

琉生《るい》はアリスに微笑《ほほえ》みを返《かえ》した。

「それにこんなに素敵《すてき》な浴衣姿《ゆかたすがた》を見《み》せてもらえるんだったら、あと何時間《なんじかん》でも待《ま》つよ」

「あう……」

アリスは赤《あか》くなって目《め》を伏《ふ》せる。お祭《まつ》りと聞《き》いて、ペンギンの足《あし》あと模様《もよう》の浴衣《ゆかた》を着《き》たのだが、秋《あき》も半《なか》ばの祭《まつ》りなので浴衣《ゆかた》を着《き》ている女《おんな》の子《こ》はほとんどいない。このにぎわいの中《なか》で、ちょっと浮《う》いた感《かん》じになっているのだ。

一方《いっぽう》。

「おかしいですよ、あの射的《しゃてき》！　僕《ぼく》の計算《けいさん》だと、射出速度《しゃしゅつそくど》と距離《きょり》によって導《みちび》き出《だ》される放物線《ほうぶつせん》は、的《まと》の中央《ちゅうおう》に間違《まちが》いなく――」

計太《けいた》はタブレット端末《たんまつ》とにらめっこして計算《けいさん》しながら、ブツブツ文句《もんく》を言《い》っている。

「しばらく計算《けいさん》は終《お》わりそうにないから、僕《ぼく》が見《み》つけた面白《おもしろ》そうな屋台《やたい》を案内《あんない》するよ」

琉生《るい》はアリスと肩《かた》を並《なら》べて歩《ある》き始《はじ》めた。

「あ、ありがと」

アリスはうつむいたまま尋《たず》ねる。

「……そういえば、赤妃《あかひ》さんの出《で》るプリンセス・コンテストは？」

「さっき始《はじ》まったよ」

琉生《るい》は駅《えき》ビルの大型《おおがた》スクリーンを指《ゆび》さした。

スクリーンでは、白瀬市赤妃記念市民《しらせしあかひきねんしみん》センターで行《おこな》われているコンテストの模様《もよう》が中継《ちゅうけい》され、早《はや》くも高笑《たかわら》いで勝利宣言《しょうりせんげん》するリリカの顔《かお》が大写《おおうつ》しになっていた。

「応援《おうえん》に行《い》ってあげた方《ほう》がよかったかな？」

アリスはスクリーンを見上《みあ》げてつぶやく。

「チケットは売《う》り切《き》れだったよ。市《し》の外《そと》から来《く》るファンも多《おお》いみたいで」

琉生《るい》はそう言《い》いながら、金魚《きんぎょ》すくいの屋台《やたい》の前《まえ》にやってきた。

「やってみる？」

「是非《ぜひ》とも」

前《まえ》にTV《テレビ》で見《み》て、一度《いちど》やってみたいと思《おも》っていた競技《きょうぎ》？である。

アリスはお金《かね》を払《はら》い、ポイと呼《よ》ばれるすくう道具《どうぐ》と金魚《きんぎょ》を入《い》れる鉢《はち》を借《か》りた。

「すくいます」

アリスは袖《そで》をまくり、ポイを水面《すいめん》に近《ちか》づける。

5分後《ふんご》。

「……運動神経《うんどうしんけい》が」

アリスは膝《ひざ》を抱《かか》えていた。

結局《けっきょく》、1匹《ぴき》もすくえないまま、今日《きょう》の予算《よさん》の1000円《えん》を使《つか》いきってしまったのだ。

「じゃあ、僕《ぼく》がリベンジということで」

苦笑《くしょう》した琉生《るい》が同《おな》じ屋台《やたい》でポイを握《にぎ》る。

そして、さらに3分《ぷん》が経過《けいか》して。

「これくらいにしておこうかな？」

琉生《るい》はまだ破《やぶ》れてないポイを置《お》いた。

鉢《はち》が金魚《きんぎょ》でいっぱいになり、もう入《い》れられなくなったのだ。

「すげえな。あんた、プロかい？」

屋台《やたい》のおじさんもこれには感心《かんしん》するしかない。

「これ、全部《ぜんぶ》はいらないなあ」

琉生《るい》は2匹《ひき》だけ金魚《きんぎょ》をもらい、その袋《ふくろ》をアリスに渡《わた》した。

「はい、残念賞《ざんねんしょう》」

黒《くろ》の金魚《きんぎょ》と赤《あか》い金魚《きんぎょ》が、きれいな尾《お》を振《ふ》って仲良《なかよ》くビニールの袋《ふくろ》の中《なか》で泳《およ》いでいる。

「……可愛《かわい》い」

金魚《きんぎょ》を見《み》つめるアリスの瞳《ひとみ》が輝《かがや》く。

そこに、射的《しゃてき》で当《あ》てた景品《けいひん》を持《も》った計太《けいた》が走《はし》ってきた。

「ひどいですよ！　僕《ぼく》を置《お》いてくなんて！」

計太《けいた》はそう言《い》うと、手《て》にした景品《けいひん》のプラモデルを琉生《るい》とアリスに見《み》せる。

「でも、これ！　とうとう当《あ》てましたよ！　緻密《ちみつ》な計算《けいさん》の勝利《しょうり》です！」

「いくら使《つか》ったんだい？」

琉生《るい》が安《やす》っぽいロボットのプラモデルの箱《はこ》を見《み》て尋《たず》ねた。

「2800円《えん》です！」

計太《けいた》は胸《むね》を張《は》る。

明《あき》らかに買《か》った方《ほう》が安《やす》いはずだが、あんまり計太《けいた》が喜《よろこ》んでいるのでアリスは何《なに》も言《い》わないでおこうと心《こころ》に誓《ちか》った。

このあと――。

3人《にん》は焼《や》きそばや綿菓子《わたがし》を食《た》べたり、お面《めん》を買《か》ったり輪投《わな》げをしたりして過《す》ごした。

アリスはすでに金魚《きんぎょ》すくいで破産《はさん》していたので、全部《ぜんぶ》、琉生《るい》のおごりである。

「あとできっと返《かえ》しますので」

アリスは言《い》ったが、琉生《るい》は笑顔《えがお》で首《くび》を横《よこ》に振《ふ》った。

「いいよ、気《き》にしなくって」

「じゃあ。僕《ぼく》の分《ぶん》も」

と、計太《けいた》が自分《じぶん》を指《ゆび》さしたが。

「お断《ことわ》り」

琉生《るい》は即答《そくとう》した。

やがて、駅前《えきまえ》ビル『サンセット24』の仕掛《しか》け時計《どけい》が午後《ごご》2時《じ》を告《つ》げた。

パレード開始《かいし》の時刻《じこく》だ。

「あの、ちょっと」

アリスはトイレに行《い》くふりをして、琉生《るい》たちから離《はな》れた。

「鏡《ミラー》よ、鏡《ミラー》」

駅《えき》ビルのトイレに移動《いどう》したアリスは、洗面台《せんめんだい》の鏡《かがみ》の表面《ひょうめん》に触《ふ》れる。

＊　＊　＊

いったん鏡《かがみ》の国《くに》に入《はい》ったアリスは、いつもの変身《へんしん》の言葉《ことば》を唱《とな》えた。

「ワンダー・チェンジ」

猫耳《ねこみみ》カチューシャとシッポがある真《ま》っ黒《くろ》な黒猫《くろねこ》スーツになったアリスは、入《はい》ってきたのとは別《べつ》の鏡《かがみ》を通《とお》ってこちらの世界《せかい》に戻《もど》ってくる。

＊　＊　＊

アリスが現《あらわ》れたのは、『サンセット24』の6階《かい》と5階《かい》の間《あいだ》にある仕掛《しか》け時計《どけい》の中《なか》。

そこにはすでに覆面《ふくめん》と帽子《ぼうし》、マント姿《すがた》のP《ピー》・P《ピー》・ジュニアがいて、アリスの到着《とうちゃく》を待《ま》っていた。

「ふふふ、アリス。24時間寝《じかんね》ないで考《かんが》えた、素晴《すば》らしい犯罪計画《はんざいけいかく》を実行《じっこう》する時《とき》がきました〜」

「……しょ〜、探偵《たんてい》としてあまり楽《たの》しそうに犯罪《はんざい》をするのは？」

と、アリスは小《ちい》さくため息《いき》をつく。

「犯罪者《はんざいしゃ》の心《こころ》の内側《うちがわ》を理解《りかい》するのも、探偵《たんてい》の勉強《べんきょう》ですよ〜」

人形《にんぎょう》が登場《とうじょう》する仕掛《しか》け時計《どけい》の窓《まど》から、P《ピー》・P《ピー》・ジュニアは双眼鏡《そうがんきょう》でパレードが通《とお》る道路《どうろ》を見《み》る。

仕掛《しか》け時計《どけい》の窓《まど》は縦《たて》1メートル、横《よこ》50センチ。人間《にんげん》が通《とお》ることもできる大《おお》きな窓《まど》だ。

「もうそろそろです」

P《ピー》・P《ピー》・ジュニアの言葉通《ことばどお》り。

少《すこ》しすると、市民《しみん》センターからやってきたパレードが道路《どうろ》に現《あらわ》れた。

着《き》ぐるみのゆるキャラや音楽隊《おんがくたい》、チアガールのグループのあとに、リリカを乗《の》せた派手《はで》なオープンカーがこちらに向《む》かってやってくる。そして、みんなに向《む》かって手《て》を振《ふ》るリリカの頭《あたま》には、キラキラと魔法《まほう》のティアラが輝《かがや》いている。

「それ！」

プシュッ！

P《ピー》・P《ピー》・ジュニアはボウガン——矢《や》を発射《はっしゃ》する銃《じゅう》——を取《と》り出《だ》すと、向《む》かいのビルの2階付《かいふ》近《きん》に向《む》かって斜《なな》めに矢《や》を放《はな》った。

先端《せんたん》に強力《きょうりょく》な接着剤《せっちゃくざい》がついた矢《や》は、ビルの壁《かべ》にくっついた。

矢《や》には細《ほそ》いロープが結《むす》ばれているので、P《ピー》・P《ピー》・ジュニアはそのロープを引《ひ》っ張《ぱ》って、ちゃんとくっついているかどうか確認《かくにん》する。

「あとは赤《あか》ずきんの合図《あいず》を待《ま》つだけですね」

P《ピー》・P《ピー》・ジュニアはロープのこちら側《がわ》の端《はし》を仕掛《しか》け時計《どけい》の柱《はしら》に結《むす》びつけると、背中《せなか》のアザラシ形《がた》のリュックから取《と》り出《だ》した時計《とけい》を見《み》つめてカウントダウンを始《はじ》めた。

「9、8、7、6、5、4、3……今《いま》です！」

アリスとP《ピー》・P《ピー》・ジュニアは、窓《まど》から駅前《えきまえ》ビルの巨大《きょだい》スクリーンの方《ほう》を見《み》た。

パレードの中継《ちゅうけい》の映像《えいぞう》が、赤《あか》ずきんの姿《すがた》へと切《き》り替《か》わる。

「は〜い、全国《ぜんこく》のみなさ〜ん！　知《し》ってる人《ひと》はみ〜んな知《し》ってる、犯罪界《はんざいかい》の大《だい》スター、美少女《びしょうじょ》怪盗赤《かいとうあか》ずきんの登場《とうじょう》だよ！」

スクリーンの赤《あか》ずきんは、ピースサインでウインクした。

中継《ちゅうけい》にハッキングして、この映像《えいぞう》をスクリーンに流《なが》しているのはオオカミである。

理数系《りすうけい》の科目《かもく》の平均点《へいきんてん》が27点《てん》の赤《あか》ずきんでは、こうした芸当《げいとう》はムリだからだ。

「今日《きょう》ここに参上《さんじょう》したのは、もっちろん！　そう、赤妃《あかひ》リリカが頭《あたま》にのせてる魔法《まほう》のティアラを手《て》に入《い》れるため！　赤妃《あかひ》リリカ！　予告状通《よこくじょうどお》りティアラをもらいに行《い》くから待《ま》ってなさい！」

赤《あか》ずきんがそう宣言《せんげん》し、みんなの目《め》がスクリーンに集《あつ》まっているその瞬間《しゅんかん》。

スクリーンを見上《みあ》げて顔《かお》をしかめるリリカを乗《の》せたオープンカーが、張《は》り渡《わた》されたロープの下《した》を通《とお》りかかった。

（今《いま》！）

アリスは滑車《かっしゃ》をロープに引《ひ》っかけると、滑車《かっしゃ》をつかみロープを滑《すべ》り降《お》りた。

黒猫《くろねこ》スーツのおかげでアリスはいつもの何倍《なんばい》、いや、何十倍《なんじゅうばい》も運動神経《うんどうしんけい》がよくなっている。

風《かぜ》を切《き》り、空中《くうちゅう》を斜《なな》めに移動《いどう》しながら、アリスは滑車《かっしゃ》に足《あし》に引《ひ》っかけて逆《さか》さ吊《づ》りの姿勢《しせい》になった。

そして、ちょうどリリカの真上《まうえ》に来《き》たタイミングで、アリスが伸《の》ばした手《て》はティアラをつかんでいた。

「成功《せいこう》」

自分《じぶん》でも信《しん》じられなかったが、Ｐ《ピー》・Ｐ《ピー》・ジュニアの計画通《けいかくどお》り、アリスは見事《みごと》にティアラを手《て》に入《い》れていたのだ。

しかし。

べちゃ！

３秒後《びょうご》、アリスは向《む》かいのビルの壁《かべ》に激突《げきとつ》していた。ティアラのことばかり考《かんが》えていたので、滑車《かっしゃ》にブレーキをかけて止《と》まることをすっかり忘《わす》れていたのだ。

真下《ました》に落《お》ちていくアリスは、ティアラを大事《だいじ》に抱《かか》えるようにしてギュッと目《め》を閉《と》じる。

（………あれ？）

歩道《ほどう》に落《お》ちて、お尻《しり》を打《う》っているはずなのに、なぜだか痛《いた》くなかった。

誰《だれ》かに優《やさ》しく受《う》け止《と》められたような感《かん》じだ。

アリスはおそるおそる目《め》を開《あ》ける。

すると。

「え？」

アリスは琉生《るい》の腕《うで》の中《なか》にいた。

たまたま下《した》を通《とお》りかかった琉生《るい》が、落《お》ちてきたアリスを受《う》け止《と》めてくれたらしい。

「君《きみ》、誰《だれ》？」

そう尋《たず》ねかけた琉生《るい》の目《め》が、アリスの手《て》の中《なか》のティアラをとらえる。

（助《たす》けてくれてありがとうだけど、これはちょっとマズいです）

アリスは琉生《るい》の腕《うで》から飛《と》び降《お》りると、音《おと》もなく後《うし》ろに跳《と》んだ。

アリス本人《ほんにん》としては、ほんのちょっと後《あと》ずさったつもりだったが、一気《いっき》に3メートルも琉生《るい》から離《はな》れている。これも黒猫《くろねこ》スーツのおかげだ。

「君《きみ》は――」

マスクのおかげでアリスと気《き》づいていない琉生《るい》は、タロットカードをポケットから取《と》り出《だ》して扇形《おうぎがた》に構《かま》えた。

（ちょっとじゃなくて……すごくマズいです）

アリスは見覚《みおぼ》えがある。探偵《たんてい》シュヴァリエが使《つか》うタロットカードには、一枚一枚《いちまいいちまい》違《ちが》う、特殊《とくしゅ》な能力《のうりょく》が隠《かく》されているのだ。

「赤《あか》ずきんの仲間《なかま》だね？　スクリーンの犯行予告《はんこうよこく》でみんなの注意《ちゅうい》を引《ひ》きつけ、その間《あいだ》に盗《ぬす》む計《けい》画《かく》だったとは見事《みごと》だよ」

琉生《るい》はアリスに向《む》かって『吊《ザ・ハング》された男《ド・マン》』のカードを投《な》げつけた。

このカードは前《まえ》に見《み》たことがある。

ロープに変化《へんか》して、相手《あいて》を縛《しば》り上《あ》げるカードだ。

「！」

アリスはとっさに側転《そくてん》してカードを避《よ》けた。

アリスの腕《うで》をかすめたカードは後《うし》ろのポストにぶつかり、ロープに変化《へんか》してポストを縛《しば》り上《あ》げる。

「やるね！　でもこれならどうだ！　『太陽《ザ・サン》』のカード！」

琉生《るい》はもう1枚《まい》のカードを引《ひ》き抜《ぬ》くと、素早《すばや》く放《はな》った。

カードは空中《くうちゅう》で炎《ほのお》をまとい、そのままアリスに向《む》かって飛《と》んでくる。

アリスは体《からだ》を低《ひく》くして、ギリギリのところで今度《こんど》のカードもかわした。

「君《きみ》の名前《なまえ》を聞《き》いておこうか？」

琉生《るい》はさらに別《べつ》のカードを手《て》にして尋《たず》ねた。

「私《わたし》は怪盗黒《かいとうくろ》にゃこ……にゃんこ？」

自分《じぶん》で口《くち》にしながら、アリスは崩《くず》れ落《お》ちそうになる。

本当《ほんとう》は、怪盗黒猫《かいとうくろねこ》、と名乗《なの》るつもりだったのだ。

だけど、猫《ねこ》がにゃこ、にゃこがにゃんこになってしまった。

痛恨《つうこん》の言《い》い間違《まちが》えである。

（よりにもよって、こんなシリアスな場面《ばめん》でにゃんこ……果《は》てしなく落《お》ち込《こ》む）

「怪盗黒《かいとうくろ》にゃんこ！　すごいです！　白瀬市《しらせし》に新《あら》たな怪盗出現《かいとうしゅつげん》ですよ！」

琉生《るい》と一緒《いっしょ》にいた計太《けいた》が、スマートフォンでアリスの姿《すがた》を連写《れんしゃ》する。

「さっそくこの写真《しゃしん》、ブログにアップしないと！」

「計太《けいた》、それより警察《けいさつ》に連絡《れんらく》を」

琉生《るい》は計太《けいた》にそう告《つ》げると、もう一度《いちど》アリスに呼《よ》びかけた。

「怪盗黒《かいとうくろ》にゃんこ、そのティアラはドイツの都市《とし》と白瀬市《しらせし》の友好《ゆうこう》の証《あかし》なんだ。絶対《ぜったい》に返《かえ》しても

らうよ」

「それが……そうもいかないので」

アリスは首《くび》を横《よこ》に振《ふ》った。

まわりの人《ひと》たちも、そろそろアリスのことに気《き》がつき始《はじ》めている。

「あ、もしもし！　白瀬署《しらせしょ》ですか⁉」

計太《けいた》も警察《けいさつ》に電話《でんわ》したようだ。

（とにかく逃《に》げよ）

黒猫《くろねこ》スーツで身軽《みがる》になっているアリスは、するすると街灯《がいとう》に上《のぼ》ると、ビルの窓《まど》に飛《と》びついた。

さらに屋上《おくじょう》まで上《のぼ》って、ビルから隣《となり》のビルへと次々《つぎつぎ》と飛《と》び移《うつ》りながら南《みなみ》に向《む》かう。

「待《ま》て！」

琉生《るい》は追《お》いかけようとしたが、この騒動《そうどう》で集《あつ》まった人《ひと》が多《おお》く、なかなか進《すす》むことができない。

「ごめんなさい」

アリスは琉生《るい》に謝《あやま》りつつ、赤《あか》ずきんやＰ《ピー》・Ｐ《ピー》・ジュニアとの集合場所《しゅうごうばしょ》に向《む》かった。

（黒猫《くろねこ》スーツでは目立《めだ》ってしまうので）

アリスは一度《いちど》鏡《かがみ》の国《くに》に行《い》き、浴衣姿《ゆかたすがた》に戻《もど》った。

それから集合場所《しゅうごうばしょ》の赤妃記念公園《あかひきねんこうえん》に着《つ》くと、もうP《ピー》・P《ピー》・ジュニアや赤《あか》ずきんたちは集《あつ》まっていた。

「やったじゃん！　あんた、才能《さいのう》あるよ！　あたしの弟子《でし》にならない⁉」

ティアラを見《み》せると、赤《あか》ずきんはアリスに抱《だ》きついてきた。

「私《わたし》の作戦《さくせん》のおかげです」

P《ピー》・P《ピー》・ジュニアは胸《むね》を張《は》る。

「でも、盗《ぬす》むのは悪《わる》いことなので、胸《むね》が痛《いた》みます」

アリスはため息《いき》をついた。

「だから、すぐに返《かえ》すって」

赤《あか》ずきんはアリスの手《て》を引《ひ》っ張《ぱ》る。

「じゃ、早《はや》くロック・アンロックのところに行《い》こ！」

「あの、私《わたし》たちも行《い》くの？」

「当然《とうぜん》！　だって仲間《なかま》じゃん！」

「借《か》りを返《かえ》すためだったとはいえ、怪盗《かいとう》に仲間《なかま》と言《い》われるとグサッときますね」

Ｐ《ピー》・Ｐ《ピー》・ジュニアはなんとも言《い》えない複雑《ふくざつ》な表情《ひょうじょう》を浮《う》かべた。

「俺《おれ》からも頼《たの》むぜ。あのロック・アンロックっておっさん、どうも信用《しんよう》ならねえんだ」

オオカミもアリスたちに頭《あたま》を下《さ》げる。

「……仕方《しかた》ありませんね。まあ、この信用《しんよう》ならない赤《あか》ずきんがちゃんとティアラを返《かえ》すかどうか、見届《みとど》ける必要《ひつよう》もありますから」

Ｐ《ピー》・Ｐ《ピー》・ジュニアは少《すこ》し考《かんが》えてからそう答《こた》えた。


ロック・アンロックは白瀬市《しらせし》でも一《いち》、二《に》を争《あらそ》う高級《こうきゅう》ホテル、『赤妃《あかひ》グランド・スペリオール・ゴージャス』に泊《と》まっていた。

「おお、これは確《たし》かに魔法《まほう》のティアラ！　このティアラを身《み》につけた者《もの》は、富《とみ》と権力《けんりょく》を手《て》に入《い》れられると言《い》われているのです！」

7階《かい》にある部屋《へや》で待《ま》っていたロック・アンロックは、赤《あか》ずきんがティアラを渡《わた》すと感嘆《かんたん》の声《こえ》を上《あ》げた。

「これであたし、国際怪盗連盟《こくさいかいとうれんめい》から追《お》い出《だ》されないよね？」

赤《あか》ずきんは念《ねん》を押《お》す。

「ええ、もちろん」

ロック・アンロックはティアラを自分《じぶん》の頭《あたま》にのせ、部屋《へや》の鏡《かがみ》を見《み》てうっとりとなった。

「追《お》い出《だ》されはしませんよ。消《き》えるだけです」

ティアラをいったんテーブルに置《お》くと、ロック・アンロックはジャケットの内側《うちがわ》から銃《じゅう》を抜《ぬ》いてアリスたちに向《む》けた。

P《ピー》・P《ピー》・ジュニアがいつも持《も》っている水鉄砲《みずでっぽう》ではない。正真正銘《しょうしんしょうめい》、本物《ほんもの》の銃弾《じゅうだん》が飛《と》び出《だ》す銃《じゅう》だ。

「どういうことだ！」

オオカミがうなった。

「このティアラは我《わ》が輩《はい》がいただくということです」

ロック・アンロックはフフンと笑《わら》う。

「ちょっと！　それは私《わたし》のものだって！」

と、赤《あか》ずきん。

「違《ちが》うよ、借《か》りただけ。あとで返《かえ》すの」

アリスが訂正《ていせい》する。

「どちらも不正解《ふせいかい》！　今《いま》はもう我《わ》が輩《はい》のものになりました」

ロック・アンロックはアリスたちを銃《じゅう》で脅《おど》して壁際《かべぎわ》に立《た》たせる。

「私《わたし》は前《まえ》から、このティアラを狙《ねら》っていましてね。あなたが手《て》に入《い》れたら、横取《よこど》りすると決《き》めていたんですよ」

「そんなのズルい！」

赤《あか》ずきんは前《まえ》に出《で》ようとしたが、銃口《じゅうこう》を向《む》けられてまたすぐに下《さ》がった。

「ズルさも怪盗《かいとう》の証明《しょうめい》です。お人好《ひとよ》しは、怪盗《かいとう》に向《む》いていないんですよ」

ロック・アンロックは赤《あか》ずきんを見《み》て肩《かた》をすくめる。

「それは……言《い》えてるかも」

アリスは頷《うなず》きながら、いつもポシェットに入《い》れている手鏡《てかがみ》を、後《うし》ろ手《で》にそっとＰ《ピー》・Ｐ《ピー》・ジュニアに渡《わた》した。

「ささて、口封《くちふう》じタイ～ムと参《まい》りましょうか？　誰《だれ》から撃《う》とうかな？」

ロック・アンロックは、楽《たの》しそうな顔《かお》でふたりと1羽《わ》と1頭《とう》を見渡《みわた》す。

「ずいぶんひでえじゃねえか？　同《おな》じ国際怪盗連盟《こくさいかいとうれんめい》の仲間《なかま》だろが？」

オオカミが鋭《するど》い目《め》でロック・アンロックをにらみつけた。

「怪盗連盟《かいとうれんめい》に仲間《なかま》なんていませんよ」

ロック・アンロックは笑《わら》う。

「お互《たが》いだまし合《あ》い、足《あし》を引《ひ》っ張《ぱ》り合《あ》う。なんと言《い》っても、悪人《あくにん》の集《あつ》まりですからねえ」

「あたし、連盟《れんめい》やめよっかな～？　あ、でも払《はら》い込《こ》んじゃった会費《かいひ》もったいないし」

赤《あか》ずきんは考《かんが》え込《こ》んだ。

「まずはそちらの三流怪盗《さんりゅうかいとう》さん」

ロック・アンロックはもう一度《いちど》、銃口《じゅうこう》を赤《あか》ずきんに向《む》けた。

「やっぱりあなたからに決《き》めました」

「ひぃぃ～っ！　イヤだ～っ！　死《し》ぬ前《まえ》にお腹《なか》いっぱいマシュマロが食《た》べたかった～っ！」

赤《あか》ずきんは目《め》を閉《と》じて座《すわ》り込《こ》む。

「今《いま》です！」

P《ピー》・P《ピー》・ジュニアがアリスの方《ほう》を見《み》る。

「鏡《ミラー》よ、鏡《ミラー》」

アリスは真後《まうし》ろにあった壁《かべ》の鏡《かがみ》に触《ふ》れた。

さっき、ロック・アンロックがうっとりと自分《じぶん》の姿《すがた》をながめていた鏡《かがみ》である。

と、同時《どうじ》にP《ピー》・P《ピー》・ジュニアが手鏡《てかがみ》をロック・アンロックの向《む》こう側《がわ》に放《ほう》った。

鏡《かがみ》の国《くに》に飛《と》び込《こ》んだアリスは、まだ手鏡《てかがみ》が宙《ちゅう》を舞《ま》っているうちにこちらの世界《せかい》に戻《もど》った。

そして、テーブルに置《お》いてあったTV《テレビ》のリモコンを手《て》に取《と》ってスイッチを入《い》れ、ボリュームを最大《さいだい》にする。

「わわわっ！　何《なん》です!?」

耳《みみ》を押《お》さえて振《ふ》り返《かえ》るロック・アンロック。

「ガウッ！」

その隙《すき》をついたオオカミが、銃《じゅう》を握《にぎ》るロック・アンロックの腕《うで》に噛《か》みついた。

「たたたたっ！」

ロック・アンロックはたまらずに銃《じゅう》を落《お》とす。

さらに。

「お仕置《しお》きです！」

P《ピー》・P《ピー》・ジュニアが、アザラシ形《がた》のリュックから取《と》り出《だ》した水鉄砲《みずでっぽう》の引《ひ》き金《がね》を引《ひ》く。

「うわ〜っ！　目《め》が、目《め》が〜っ！」

水《みず》が顔《かお》にかかると、ロック・アンロックは目《め》を押《お》さえて床《ゆか》を転《ころ》がった。

「みんな、あちらに！」

P《ピー》・P《ピー》・ジュニアはヒレで窓《まど》の方《ほう》を指《さ》した。

「しょ〜、水鉄砲《みずでっぽう》の中《なか》には何《なに》が？」

窓《まど》に向《む》かいながらアリスが尋《たず》ねる。

「トウガラシ水《みず》です。目《め》に入《はい》ると痛《いた》いですよ〜」

P《ピー》・P《ピー》・ジュニアが窓《まど》を開《あ》けると、そこには窓拭《まどふ》き用《よう》のゴンドラが来《き》ていた。

「準備《じゅんび》しておいてよかったでしょう？」

「さすがは名探偵《めいたんてい》だな」

オオカミは感心《かんしん》したようにシッポを振《ふ》った。

実《じつ》はこの部屋《へや》に来《く》る前《まえ》、P《ピー》・P《ピー》・ジュニアは屋上《おくじょう》に行《い》き、ゴンドラをこの部屋《へや》の前《まえ》まで下《お》ろしておいたのだ。

「ほら、乗《の》れ！」

オオカミが赤《あか》ずきんの背中《せなか》を押《お》す。

「で、でも、ティアラは？」

と、赤《あか》ずきん。

「大丈夫《だいじょうぶ》だ、P《ピー》・P《ピー》・ジュニアに任《まか》せろ！」

赤《あか》ずきんに続《つづ》いてオオカミ、そしてアリスがゴンドラに乗《の》り込《こ》む。

そして――。

窓《まど》の縁《ふち》に立《た》ったP《ピー》・P《ピー》・ジュニアは、ロック・アンロックを振《ふ》り返《かえ》った。

「ああ、そうそう。言《い》い忘《わす》れていました。赤《あか》ずきんが予告状《よこくじょう》を送《おく》ったせいか、そのティアラには警察《けいさつ》の発信機《はっしんき》が仕掛《しか》けられていました。盗《ぬす》んですぐに、私《わたし》の助手《じょしゅ》が発信機《はっしんき》のスイッチを切《き》っ

ておいたんですが」

P《ピー》・P《ピー》・ジュニアはニ〜ッと笑《わら》うと、ゴンドラに飛《と》び乗《の》った。

「またさっき、スイッチ入《い》れちゃいました」

「下《した》に参《まい》りま〜す、だぜ」

オオカミがゴンドラのスイッチを入《い》れ、ゴンドラはゆっくりと降《お》りてゆく。

「ゆ、許《ゆる》しませんよ、赤《あか》ずきんとその一味《いちみ》！」

ロック・アンロックは右手《みぎて》で目《め》をこすりながら、左手《ひだりて》でテーブルの上《うえ》を捜《さが》す。

「ティ、ティアラは!?　……あった！」

残《のこ》されたティアラをつかみ、ホッとするロック・アンロック。

だが、次《つぎ》の瞬間《しゅんかん》。

バンッと扉《とびら》が破《やぶ》られ、警官《けいかん》がなだれ込《こ》んできた。

「警察《けいさつ》だ！　動《うご》くな！」

白瀬署《しらせしょ》の名垂警部《なだれけいぶ》がバッジを見《み》せ、ロック・アンロックの手《て》からティアラを取《と》り返《かえ》した。

「あんたが黒幕《くろまく》ね！」

警部《けいぶ》の部下《ぶか》の冬吹刑事《ふぶきけいじ》が、ロック・アンロックに手錠《てじょう》をかける。

「……え？」

ティアラを持《も》っている現場《げんば》で捕《と》らえられ、ロック・アンロックは立《た》ちつくすしかなかった。


「あれからずいぶん時間《じかん》が経《た》ったけど……」

ホテルの前《まえ》でP《ピー》・P《ピー》・ジュニアや赤《あか》ずきんたちと別《わか》れたアリスは、駅前広場《えきまえひろば》まで戻《もど》って琉生《るい》と計太《けいた》の姿《すがた》を捜《さが》した。

「夕星《ゆうずつ》さん！」

どこかから、琉生《るい》の声《こえ》が聞《き》こえた。

アリスは声《こえ》の出所《でどころ》を捜《さが》してあたりを見回《みまわ》す。

「夕星《ゆうずつ》さん！　よかった、無事《ぶじ》だったんだ！」

駆《か》け寄《よ》ってきた琉生《るい》は、アリスの肩《かた》に手《て》を置《お》いた。

「はぐれてごめんなさい」

アリスは謝《あやま》る。

「あの……戻《もど》ろうとしたら、大騒《おおさわ》ぎになってて」

「いや、君《きみ》が居合《いあ》わせなくてよかったよ」

ずいぶんと捜《さが》し回《まわ》ったのだろう。

琉生《るい》は心《こころ》の底《そこ》から安心《あんしん》したような顔《かお》になる。

と、そこに。

「夕星《ゆうずつ》さん、知《し》ってます⁉　出《で》たんですよ、ティアラを狙《ねら》う怪盗《かいとう》が！」

瞳《ひとみ》を輝《かがや》かせた計太《けいた》が追《お》いついてきた。

「赤《あか》ずきん？」

アリスはとぼけて聞《き》くことにする。

「それよりも、ず〜っと悪賢《わるがしこ》いやつですわよ！」

「……あ」

振《ふ》り返《かえ》ると、そこにはプンプン怒《おこ》ったリリカの姿《すがた》があった。

「赤妃《あかひ》さん、パレードは？」

「中止《ちゅうし》になりましたわ！　でなければ今頃《いまごろ》はこんなところにいないで、プリンセスとしてスポットライトを浴《あ》びているはずでしょう！」

アリスに尋《たず》ねられたリリカは、扇《おうぎ》をバッと広《ひろ》げて鼻《はな》を鳴《な》らした。

「わたくしの、わたくしによる、わたくしのためのパレードが！　怪盗黒《かいとうくろ》にゃんこのせいで台《だい》無《な》しですわ！」

どうやら、黒《くろ》にゃんこの名前《なまえ》は定着《ていちゃく》してしまったようである。

「黒幕《くろまく》が捕《つか》まって、ティアラが戻《もど》ったのはよかったですけれど、このわたくしの頭《あたま》に手《て》をかけるだなんて、絶対《ぜったい》に許《ゆる》しませんことよ、怪盗黒《かいとうくろ》にゃんこ！」

「赤妃《あかひ》さん、自分《じぶん》より目立《めだ》つ人《ひと》、大嫌《だいきら》いですからね」

計太《けいた》が思《おも》わずそう口《くち》にすると、リリカはキッとにらみつけた。

「覚《おぼ》えておくのですわね！　わたくしが一番嫌《いちばんきら》いなのは、よけいなことばかりしゃべるこの口《くち》ですわよ！」

リリカは計太《けいた》の唇《くちびる》をつかんで左右《さゆう》に引《ひ》っ張《ぱ》る。

「怪盗黒《かいとうくろ》にゃんこ、か」

その名《な》を口《くち》にしながら、琉生《るい》はこぶしを握《にぎ》りしめた。

「今回《こんかい》は逃《に》がしたけどね。次《つぎ》はきっと捕《つか》まえてみせるよ」

「あの……ええと……応援《おうえん》します」

そう告《つ》げるアリスの顔《かお》は強《こわ》ばっていた。


翌日《よくじつ》の午後《ごご》。

「ペンちゃ〜ん、アリス〜！」

赤《あか》ずきんは呼《よ》ばれもしないのにまた『ペンギン探偵社《たんていしゃ》』にやってきていた。

「もう手伝《てつだ》いませんからね？」

P《ピー》・P《ピー》・ジュニアは、警戒《けいかい》の視線《しせん》をニコニコ顔《がお》の赤《あか》ずきんに向《む》ける。

「まあ、これ見《み》てよ」

赤《あか》ずきんはスマートフォンに送《おく》られてきたメッセージをアリスとP《ピー》・P《ピー》・ジュニアに見《み》せた。

「うにゅ？　これは……国際怪盗連盟本部《こくさいかいとうれんめいほんぶ》からのメッセージですね？」

ひとりと1羽《わ》はスマートフォンの画面《がめん》をのぞき込《こ》んだ。

怪盗赤《かいとうあか》ずきん殿《どの》
我《わ》が連盟《れんめい》の調査員《ちょうさいん》であるロック・アンロックに罪《つみ》を着《き》せるとは、何《なん》たるズルさ！
何《なん》たる悪《あく》どさ！
連盟《れんめい》は除名処分《じょめいしょぶん》を取《と》り消《け》して、あなたこそ怪盗《かいとう》の名《な》にふさわしい悪人《あくにん》と認定《にんてい》します！
おめでとう！

国際怪盗連盟《こくさいかいとうれんめい》

「これは……喜《よろこ》んでいいの？」

アリスは首《くび》をかしげる。

「悪人《あくにん》どもの考《かんが》えることはよくわかりませんね」

P《ピー》・P《ピー》・ジュニアもクチバシを左右《さゆう》に振《ふ》った。

「いいのいいの！　一緒《いっしょ》に喜《よろこ》んで！」

赤《あか》ずきんは勝手《かって》に冷蔵庫《れいぞうこ》からオレンジ・ジュースを取《と》り出《だ》してきて、グラスに注《つ》いだ。

「美少女怪盗《びしょうじょかいとう》の復活《ふっかつ》に、乾杯《かんぱい》～っ！」

「ししょ〜、新聞《しんぶん》のことは？」

浮《う》かれる赤《あか》ずきんの横《よこ》で、アリスはＰ《ピー》・Ｐ《ピー》・ジュニアにささやく。

「まあ、本人《ほんにん》が気《き》づいていないなら、教《おし》えることないですよ」

Ｐ《ピー》・Ｐ《ピー》・ジュニアはウインクし、今朝《けさ》の新聞《しんぶん》をそっと隠《かく》した。

新聞《しんぶん》の第一面《だいいちめん》を大《おお》きく飾《かざ》っていたのは、赤《あか》ずきんではなかった。


美少女怪盗第《びしょうじょかいとうだい》2号《ごう》！


という見出《みだ》しで取《と》り上《あ》げられていたのは、怪盗黒《かいとうくろ》にゃんこ。

黒《くろ》にゃんこに変身《へんしん》したアリスの写真《しゃしん》も、大《おお》きく載《の》せられている。

（もう絶対《ぜったい》に、誓《ちか》って黒猫《くろねこ》スーツは着《き》ません）

心《こころ》の中《なか》で、アリスはそう誓《ちか》うのであった。

明日《あした》もがんばれ！ 怪盗赤《かいとうあか》ずきん！ その5

「何《なに》よこれ!」

日曜《にちよう》の夕方《ゆうがた》になって。

珍《めずら》しく新聞《しんぶん》を見《み》た赤《あか》ずきんはワナワナと肩《かた》を震《ふる》わせていた。

「どうしてあたしの写真《しゃしん》じゃなくって、アリスがのってんの!?」

「あのな。今回《こんかい》、お前《まえ》はスクリーンに映《うつ》っただけだろうが?

計画《けいかく》を立《た》てたのはペンギン、実際《じっさい》に盗《ぬす》んだのはアリスだろが?」

「けどけど！ あつかい大《おお》きすぎ！ それに何《なに》、怪盗黒《かいとうくろ》にゃんこって!?」

「まあ、確《たし》かにネーミングは変《へん》だけどな」

オオカミもうなずいた。

「よおし、こうなったら！」

赤《あか》ずきんはぐっとこぶしを握《にぎ》りしめる。

「こうなったら?」

不安《ふあん》そうな顔色《かおいろ》になるオオカミ。

「赤《あか》ずきんもリニューアルして人気《にんき》を奪《うば》い返《かえ》す！

まずずきんの色《いろ》を月曜《げつよう》は黄色《きいろ》、火曜日《かようび》はオレンジ、水曜日《すいようび》はブルー、

木曜《もくよう》はグリーン、金曜日《きんようび》はゴールドで土曜《どよう》はブラックにする！」

赤《あか》ずきんは宣言《せんげん》した。

「……人気《にんき》、よけいなくすぞ」

オオカミはため息《いき》をつく。

赤《あか》ずきんの人気回復《にんきかいふく》への道《みち》のりは、

まだまだ長《なが》そうだった。

Shogakukan Junior Bunko

★小学館ジュニア文庫★

華麗なる探偵アリス&ペンギン

トラブル・ハロウィン

2015年11月30日　初版第1刷発行

著者/南房秀久
イラスト/あるや

発行者/立川義剛
印刷・製本/加藤製版印刷株式会社
デザイン/佐藤千恵+ベイブリッジ・スタジオ
編集/山口久美子

発行所/株式会社　小学館
〒101-8001　東京都千代田区一ツ橋2-3-1
電話　編集　03-3230-5105
販売　03-5281-3555

Printed in Japan　ISBN 978-4-09-230851-0